OS CAÇA-MISTÉRIOS

DIRETOR EDITORIAL: Fernando Paixão
EDITORA: Gabriela Dias
EDITOR ASSISTENTE: Emílio Satoshi Hamaya
REDAÇÃO: Fabiane Zorn
COORDENADORA DE REVISÃO: Ivany Picasso Batista
REVISORAS: Márcia Leme, Cátia de Almeida

ARTE
EDITOR: Antonio Paulos
DIAGRAMADORA: Thatiana Kalaes
PROJETO GRÁFICO E EDITORAÇÃO ELETRÔNICA: Mabuya Design
PESQUISA ICONOGRÁFICA: Sílvio Kligin (coord.), Fabiane Zorn

CIP-BRASIL. CATALOGAÇÃO NA FONTE
SINDICATO NACIONAL DOS EDITORES DE LIVROS, RJ

M385r

Matta, Luis Eduardo, 1974-
Roubo no Paço Imperial / Luis Eduardo Matta ; ilustrações Mauro Souza. - São Paulo : Ática, 2008.
120p. : il. -(Os Caça-Mistérios ; Olho no lance)

Inclui apêndice
Anexo: Cartão decodificador
ISBN 978-85-08-11487-0

1. Urbanização (Ensino fundamental). 2. Multiculturalismo (Ensino fundamental). 3. Numismática (Ensino fundamental). I. Título. II. Série.

07-4477. CDD: 028.5
CDU: 087.5

ISBN 978 85 08 11487-0 (aluno)
ISBN 978 85 08 11488-7 (professor)
CAE:214989
2018
1ª edição
15ª impressão
Impressão e acabamento:Bartira

Av. Otaviano Alves de Lima, 4400 — CEP 02909-900 — São Paulo, SP
Atendimento ao cliente: 4003-3061 — atendimento@atica.com.br
www.atica.com.br — www.atica.com.br/educacional

LUIS EDUARDO MATTA

ROUBO NO PAÇO IMPERIAL

ILUSTRAÇÕES
MAURO SOUZA

editora ática

Júlia

Nome completo: Júlia de Castro Álvares Cabral

Idade: 12

Uma qualidade: Sou muito determinada. Quando decido fazer uma coisa, faço mesmo e ninguém me segura.

Um defeito: Sou meio vaidosa. Ou melhor: sou vaidosa e meia. Tento disfarçar isso, mas nem sempre consigo. Aliás, quase nunca consigo. Nunca acho que estou suficientemente bonita e bem-vestida.

Meu passatempo favorito: Escolher roupas e acessórios para vestir e fazer combinações diferentes e originais entre eles. Às vezes me enrolo toda e fico parecendo que estou com uma fantasia de carnaval.

Meu maior sonho: Ser estilista ou produtora de moda. Adoro moda.

Um pouco da minha vida: Meus pais moram no interior, onde eu e meu irmão André nascemos. Quando fiz oito anos, fui morar com minha avó, Olga, na cidade, para estudar. Meus pais vivem, até hoje, numa fazenda. Vou sempre visitá-los nas férias, mas fico logo doida para voltar, pois eu gosto mesmo é da cidade grande.

André

Nome completo: André Luiz de Castro Álvares Cabral

Idade: 11

Uma qualidade: Sou criativo (pelo menos é o que me dizem e eu acredito) e estou sempre procurando um *hobby* novo.

Um defeito: Não gosto de atividades físicas e me canso com facilidade. Também não sou lá muito corajoso.

Meu passatempo favorito: Varia muito. Depende do dia.

Meu maior sonho: Poder ficar um mês inteirinho deitado numa rede, sem fazer nada, só comendo coisas gostosas e lendo um livro bacana.

Um pouco da minha vida: Assim como minha irmã Júlia, me mudei para a casa da vovó Olga na cidade, para estudar. Nas férias costumo ir com a Júlia visitar meus pais na fazenda, onde eles moram. Lá aproveito para ler bastante. Adoro livros policiais e de suspense e filmes de ação.

Uma qualidade: Me adapto a qualquer situação. Sou daquele tipo que "topa tudo" e de vez em quando acabo quebrando a cara por causa disso.

Um defeito: Às vezes sou um pouco debochado e ranzinza. Não liguem. No fundo, eu sou legal.

Meu passatempo favorito: Conversar com os meus amigos. O problema é que eu falo demais e a maioria dos meus amigos, de menos.

Meu maior sonho: Quando ficar mais velho, passar uns meses viajando pelos países árabes. Me acham maluco por querer isso, mas eu não estou nem aí.

Um pouco da minha vida: Nasci em Bagdá, capital do Iraque, e, quando minha mãe morreu, vim com meu pai, Mustafá, morar no Brasil. Eu era bem pequeno e acabei virando um menino de duas pátrias, o que é muito, mas muito bacana.

Rachid

Nome completo: Rachid al-Majid

Idade: 12

Uma qualidade: Sou muito observadora.

Um defeito: Sou aventureira e, muitas vezes, não me dou conta dos perigos que me esperam.

Meu passatempo favorito: Desvendar mistérios.

Meu maior sonho: Conhecer pessoalmente o "Leão", meu chefe e com quem só me comunico pelo computador. Até hoje não sei o seu nome e nem como é o seu rosto. Confesso que fico curiosíssima em saber como é o "Leão". Mas é claro que eu nunca disse isso a ele.

Um pouco da minha vida: Sou descendente direta de Pedro Álvares Cabral, o navegador português que descobriu o Brasil. Trabalhei trinta anos para a Interpol, a Polícia Internacional. Me aposentei há três anos, mas continuo na ativa.

Dona Olga

Nome completo: Olga Maria de Castro Álvares Cabral

Idade: 65

FIQUE LIGADO!

Quem será que roubou a preciosa moeda de ouro da exposição no Paço Imperial?

Prepare-se para participar de uma aventura cheia de ação e solucionar os enigmas junto com os Caça-Mistérios.

No decorrer da história, vão aparecer perguntas que você deverá responder usando seu conhecimento, sua inteligência e sua intuição. Às vezes, as pistas estão nas ilustrações; outras vezes, você deve usar o raciocínio. E ainda há casos em que, para chegar às respostas, é preciso ter boa memória. Por isso, vale a pena ler o livro com atenção.

No envelope anexo à capa, você encontrará um decodificador. Você deve colocá-lo sobre o texto oculto na superfície vermelha da página para conseguir ler a resposta.

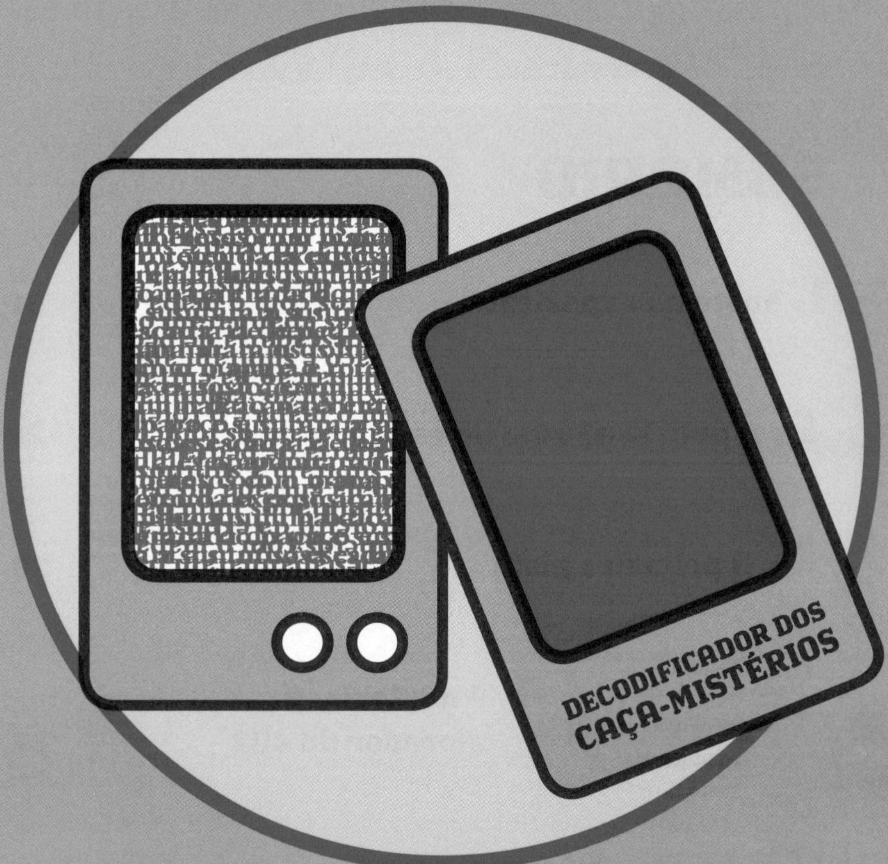

MAS ATENÇÃO! Você deve primeiro tentar responder só usando a cabeça, sem precisar do decodificador. Depois de dar sua resposta, coloque o decodificador na superfície vermelha para conferir se acertou ou não a resposta. Se acertar, marque um ponto na sua Ficha de Detetive, que está na página 106 do livro.

Os Caça-Mistérios contam com a sua ajuda para resolver o mistério do *Roubo no Paço Imperial*. Bom divertimento na leitura do livro – e na resolução dos enigmas.

SUMÁRIO

Aqui fiquei com as pernas bambas e tremi que nem vara verde.

Neste capítulo, eu passei o maior sufoco da minha vida, e a maior raiva também.

Vivem implicando com o meu kefié, mas aqui ele foi bem útil.

Eu sabia que a minha intuição nunca falha. O criminoso é... Ah, isso vocês vão ter de descobrir lendo o livro.

1

SUSTO NA EXPOSIÇÃO

O ônibus venceu o trânsito pesado do começo da tarde e freou junto à ampla Praça Quinze, no coração da cidade do Rio de Janeiro.

– Chegamos, garotada – anunciou dona Olga.

Ela desceu primeiro, sendo seguida por Júlia, André e Rachid. Com a cara contrariada, Júlia ajeitou os óculos de aros vermelhos e passou as mãos pelo vestido a fim de alisá-lo ao máximo.

Ela se colocou na frente de todos e perguntou, num de seus habituais acessos de vaidade:

– Meu vestido está muito amarrotado?

Dona Olga, André e Rachid gritaram um sonoro "não" ao mesmo tempo, mas Júlia continuou alisando o vestido.

Eles foram caminhando até o Paço Imperial, uma belíssima e elegante construção de três andares, em estilo colonial, de fachada branca, janelas amplas e telhado vermelho, erguida em 1743 e que hoje abriga um vibrante centro cultural. Em outros tempos, lá pelos idos do século XIX, quando o Brasil era governado por imperadores, aquela praça era o centro do poder no país. Ali, a Família Real portuguesa desembarcou ao chegar à cidade, em 1808. Ali, dom Pedro I anunciou ao povo que decidira permanecer no Brasil no célebre "Dia do Fico", em 1822. Ali, a princesa Isabel assinou a Lei Áurea, que pôs fim à escravidão no país. É um lugar fascinante, repleto de histórias em cada canto.

Procure pelo número 1 no mapa da página 108 e veja onde fica o Paço Imperial.

EXPONUMIS
Exposição
Numismática
Brasileira

Na fachada do Paço, estava estendido um comprido cartaz, onde se lia: EXPONUMIS – EXPOSIÇÃO NUMISMÁTICA BRASILEIRA. Rachid olhou o cartaz demoradamente e perguntou a André:

– Você desculpe a minha ignorância, mas o que quer dizer "exposição numismática"?

– Exposição de moedas antigas – esclareceu André. – E os colecionadores de moedas são chamados de numismatas.

– Moedas antigas? Puxa, deve ser interessante...

Dona Olga disse a Rachid:

– E é mesmo. Principalmente se você pensar que as moedas contam muito da história de um país. Antigamente não existiam cédulas de papel e todo o dinheiro em circulação era composto por moedas.

– Jura? – exclamou Rachid, surpreso. – Quer dizer que, antigamente, as pessoas usavam só moedas para fazer compras?

– Exatamente.

– Devia pesar um bocado nos bolsos e nas bolsas... – comentou Júlia.

Quando eles se preparavam para cruzar o portal do Paço, Júlia olhou para o comprido lenço xadrez vermelho e branco, preso por um grosso cordão negro, que Rachid nunca tirava da cabeça, e disparou:

– Eu não acredito que você vai visitar a exposição com esse pano de prato na cabeça...

Rachid ficou com o rosto tão vermelho, que parecia que iria explodir:

– Quantas vezes eu vou ter que repetir que isto não é um pano de prato?! – esbravejou. – Este lenço chama-se *kefié*. É um traje muito usado pelos árabes.

– Mas por que você tem que usar esse pano de prat... esse *kefié* o tempo todo? – perguntou André. – Nós não estamos num país árabe.

– É um pedido do papai. Ele diz que nós vamos voltar para o Iraque um dia e que eu preciso me habituar com os costumes de lá. E quer saber? Já me habituei. Sem o *kefié*, eu me sinto nu.

Eles apanharam os folhetos com o mapa e o roteiro da exposição, empilhados num balcão na entrada do Paço, e subiram a suntuosa escadaria de pedra até o primeiro andar. André adiantou o passo. Estava ansioso para percorrer a exposição, mas na metade da escada já estava com a língua de fora e precisou fazer uma pausa para recobrar o fôlego.

Ele tinha lido num jornal que moedas brasileiras raras e importantes, pertencentes a coleções particulares, estavam presentes na mostra. Eram moedas como a famosa "Peça da Coroação" – a primeira moeda lançada depois da Independência do Brasil – e os florins quadrados de um ouro brilhante, cunhados no século XVII, as primeiras moedas fabricadas em território brasileiro.

– A história desses florins é curiosa – disse dona Olga, apontando para o folheto em sua mão. – Eles foram cunhados pelos holandeses em 1645 e 1646, em Pernambuco, durante o cerco das tropas portuguesas. Como vocês sabem, a Holanda ocupou uma parte do Nordeste brasileiro durante 24 anos, no século XVII.

– Curiosa mesmo. Nunca vi, na minha vida, uma moeda quadrada – disse Rachid.

Junto à entrada da exposição, havia um caderno de pautas aberto e uma caneta sobre uma mesa. Era o livro de visitas.

– Antes de entrar, vamos assinar os nossos nomes no livro – disse dona Olga. – Assim os organizadores da exposição saberão que estivemos aqui.

Um homem careca, que devia ter perto de 60 anos, vestindo um elegante paletó azul-marinho e carregando uma pasta de couro, tinha acabado de assinar seu nome, quando dona Olga se aproximou. Ele gentilmente passou a caneta a ela e dona Olga, então, viu o nome dele grafado no livro, em letras bonitas e legíveis.

– Armando Imbassaí...? – disse dona Olga, com simpatia. – É um belo nome. O nome de um nobre.

– É que eu sou descendente do Visconde de Imbassaí. De quem, aliás, herdei o título – respondeu o homem, amigavelmente. – Ele foi um nobre nos tempos da Monarquia.

O rosto de dona Olga se iluminou:

– Quer dizer que o senhor também é um visconde? O Visconde de Imbassaí?

O gentil senhor fez que sim com a cabeça.

– Eu sou o sétimo Visconde de Imbassaí. O título vem passando de geração a geração desde o século XIX.

– Mas que coisa mais interessante! – exclamou dona Olga. – E eu sou descendente direta de Pedro Álvares Cabral. Ele não era um nobre como o seu antepassado, mas lhe devemos a descoberta deste nosso país maravilhoso.

– Sem dúvida. A senhora é colecionadora de moedas?

– Eu não. Meu neto está pensando em colecionar – ela puxou André, segurando-o pelos ombros. O garoto quase caiu. – Viemos por causa dele e também porque a exposição deve ser muito bonita. O senhor gostou?

– Ah, gostei muito. A exposição toda é, realmente, muito especial. – ele espiou o relógio. – Agora, se me dão licença, está na minha hora de ir embora. Foi um prazer conhecê-los.

O visconde despediu-se com um aceno amigável e desceu a escada. Dona Olga, Júlia, André e Rachid terminaram de assinar o livro e entraram na exposição por uma porta de vidro.

– Que homem educado, não é, vovó? – comentou Júlia, dando mais uma olhada no próprio vestido.

– É verdade – concordou dona Olga. – Parece que acabamos de ter uma boa amostra de que o mundo dos numismatas é um mundo de pessoas finas.

Eles começaram a visita à exposição e Júlia passou a mão seguidas vezes pelos cabelos, cheirou as pontas e perfilou-se diante da avó e dos dois meninos, perguntando:

– Olhem para mim e sejam sinceros: meu vestido não está mesmo amarrotado? Não acham que eu devia ter escolhido uma outra roupa e colocado um batom mais forte para vir à exposição?

Dona Olga fincou as mãos na cintura e ralhou com ela:

– E você não acha que está na hora de deixar de ser tão insegura, Júlia? Olhe à sua volta. Ninguém aqui dentro está prestando atenção em você. Todos vieram para ver as moedas.

– Sabe o que é? Estou me sentindo meio... abatida hoje. Droga, eu devia ter trazido um espelho para ver como está o meu rosto. Os vidros dos expositores têm um reflexo muito fraco.

– Se você quiser, Júlia, eu te empresto o meu *kefié* – disse Rachid, quase morrendo de rir. – Vai ficar muito bem em você, combinando com os seus óculos vermelhos e com esse seu cabelo escorrido, que você não para de cheirar como se fosse uma flor.

Júlia resmungou, com a cara amarrada:

– Não dá mesmo pra conversar com vocês. É sempre assim. Eu faço uma pergunta simples e, em vez de me responderem, vocês ficam aí delirando. Eu já devia ter me acostumado.

– Júlia, você está com uma aparência ótima, acredite ou não – falou dona Olga. – Agora, que tal encerrar este assunto e ver as moedas?

Vários expositores envidraçados estavam distribuídos pelo salão. O movimento de visitantes era pequeno. Eles haviam acabado de se aproximar do primeiro painel, onde estavam expostos alguns dobrões de ouro do século XVIII, quando ouviram uma mulher falando alto.

– Quem você pensa que é para se dirigir a mim dessa maneira?! – ela gritava, muito nervosa.

Dona Olga e a turma correram para saber o que estava acontecendo e viram a mulher furiosa apontando o dedo indicador para um vigilante uniformizado do Paço. Ela aparentava uns 40 anos e tinha o cabelo castanho preso num rabo de cavalo.

– Calma, minha senhora – respondeu o vigilante, educadamente. – Eu apenas disse à senhora que...

– Eu sei! – berrou a mulher. – Que é proibido tocar nos expositores. E você, por acaso, me viu encostar um único dedo em algum expositor?

– Desculpe, mas a senhora encostou sim e eu vi – o vigilante parecia sem graça.

Dona Olga sussurrou zombeteiramente à turma, apontando para a mulher:

– Bem, eu acho que me enganei quando disse que o mundo dos numismatas é um mundo de pessoas finas...

Enquanto isso, a mulher elevava ainda mais o tom de voz:

– Eu não toquei em nada! E não admito que você fale comigo dessa maneira!

A gritaria atraiu a atenção de todas as pessoas que estavam ali naquele momento, e uma roda de curiosos se formou em torno da mulher e do vigilante. Dona Olga afastou-se da turma e dirigiu-se até a mulher:

– Procure se controlar, minha jovem. O Paço Imperial não é um lugar para escândalos.

– Não se meta, dona. Isso não é problema seu.

– É claro que é problema meu – reagiu dona Olga. – Você está sendo grosseira e prepotente. Para que humilhar um funcionário que está apenas cumprindo a função dele? Isso não se faz!

André, Júlia e Rachid abriram caminho entre o grupo de curiosos e trataram de tirar dona Olga dali, antes que ela acabasse apanhando da mulher.

– Não adianta, vovó – disse Júlia. – Você só vai piorar as coisas. Deixe que os dois se acertam.

Rachid olhou com desdém para a mulher, que agora ameaçava agredir fisicamente o vigilante, e resmungou:

– Que mulherzinha mais histérica e mal-educada... Só espero que ela não fique berrando aí a tarde toda. Meu ouvido não é penico.

– E nós ainda nem começamos a visitar a exposição – disse André, esfregando as mãos. – Não vejo a hora de ficar cara a cara com a “Peça da Coroação”.

– “Peça da Coroação”?! – reagiu Rachid, com espanto. – Ué, quer dizer que, além das moedas, também tem uma coroa na exposição?

– A “Peça da Coroação” – explicou dona Olga – foi a primeira moeda cunhada depois da proclamação da Independência do Brasil. Ela é toda

SERÁ QUE VOCÊ SABE?

1) Qual destas moedas é a "Peça da Coroação"?

2) A "Peça da Coroação" foi cunhada especialmente para a coroação de dom Pedro I. Em 7 de setembro de 1822, ele realizou um ato muito importante para a história do nosso país. Que ato foi esse?

1) A primeira, pois nela há o desenho de dom Pedro I.
2) A proclamação da Independência do Brasil.

de ouro e traz a efígie de dom Pedro I de um lado e o brasão e a coroa do império brasileiro do outro.

– É a moeda mais valiosa da história do Brasil – acrescentou André, todo empolgado, enquanto lia o folheto. – Foi cunhada especialmente para a coroação de dom Pedro I como imperador do Brasil. Mas parece que o imperador não gostou da maneira como ele foi retratado na moeda e ordenou que os 64 exemplares cunhados fossem retirados de circulação. Hoje existem apenas 16 delas em todo o mundo. O resto foi derretido ou se perdeu.

– Como vocês devem saber, quanto mais raro, mais caro é um objeto – acrescentou dona Olga.

Júlia consultou o mapa da exposição.

– Aqui diz que a "Peça da Coroação" está na Sala 13 de Maio – ela olhou ao redor e avistou uma porta no fim do salão. – Acho que a gente entra por ali, né?

A Sala 13 de Maio era um recinto menor, que dava para a fachada principal do Paço. Nela, em 13 de maio de 1888, a princesa Isabel assinou a Lei Áurea, daí o nome. Eles entraram. A sala estava deserta. Ao fundo, o bate-boca entre a mulher e o vigilante seguia acalorado e parecia não ter fim. E todo mundo parecia ter ido para lá assistir.

Pelo mapa, a "Peça da Coroação" estava exposta bem no centro da sala. Mas tudo o que havia ali era um expositor comprido e vazio. A superfície de vidro estava parcialmente quebrada e um rolo de fita-crepe achava-se jogado no chão.

Dona Olga, Júlia, André e Rachid entreolharam-se assustados. A valiosa moeda de ouro havia sido roubada.

2

A POLÍCIA NÃO VAI INVESTIGAR O ROUBO

Além de descendente direta de Pedro Álvares Cabral, o navegador português que descobriu o Brasil, dona Olga era também uma agente aposentada da Interpol – a Polícia Internacional. Ela, no entanto, nunca perdera o interesse pela investigação de crimes, principalmente os mais complicados. Dona Olga mantinha sobre a escrivaninha do seu

SERÁ QUE VOCÊ SABE?

Dona Olga, André e Júlia são descendentes diretos de Pedro Álvares Cabral, considerado o descobridor do Brasil. Em que ano ele descobriu o nosso país?

quarto um computador portátil de última geração que usava para se comunicar com o seu "chefe" na Interpol, o "Leão". Era um policial poderoso, com informantes nas polícias do Brasil e do exterior. Dona Olga não o conhecia pessoalmente, não sabia como ele era nem qual era o seu nome verdadeiro, já que "Leão" era só um codinome.

No dia seguinte à exposição, numa tarde parcialmente ensolarada e de temperatura agradável, dona Olga reuniu Júlia e Rachid na sala de jantar da sua casa, numa pacata rua em formato de "L" no coração de Copacabana. Era uma rua em que quase só havia casas dentro de um bairro no qual a maioria das ruas e avenidas estava tomada por altos edifícios. Ela havia acabado de descer do quarto, onde tivera uma conversa de quinze minutos com o "Leão" pelo computador, e trazia uma bandeja com suco de caju e biscoitos amanteigados.

Procure pelo número 2 no mapa da página 108 e veja onde fica a casa de dona Olga.

– Alguém sabe onde está o André? – perguntou dona Olga, casualmente, sentando-se com Júlia e Rachid ao redor da mesa, junto a um enorme quadro retratando Pedro Álvares Cabral, pendurado na parede.

– Deve estar lá em cima, no quarto dele – respondeu Júlia, indiferente, enquanto retocava o batom olhando-se num espelhinho redondo. – Vamos começar a reunião sem ele.

– Que reunião? – perguntou Rachid, intrigado, passando a mão pelo *kefié* enxadrezado sobre a cabeça com uma mão e pegando um biscoitinho com a outra.

– A reunião para discutirmos o roubo da moeda lá na exposição – respondeu dona Olga. – Alguém tem que fazer alguma coisa para descobrir o ladrão e recuperá-la.

– Quem tem que fazer isso é a polícia, dona Olga.

– Acontece que a polícia não vai fazer, meu querido – disse dona Olga. – Acabei de falar com o "Leão". Ele me disse que a polícia arquivou o caso.

– Como assim “arquivou o caso”? – Júlia esbugalhou os olhos, com o batom suspenso na mão. – O roubo aconteceu ontem e a polícia já desistiu de investigar?!

– Eu não estou entendendo o que é que nós temos a ver com isso – Rachid estava ficando impaciente. – A moeda não era nossa. Nós não conhecemos o dono. Não conhecemos o ladrão. Não vimos nada. Não ouvimos nada. Apenas estávamos lá, que nem um bando de patetas para ver... ou melhor, para *não* ver uma moeda que desapareceu.

– Por que a polícia arquivou o caso tão depressa, vovó? – indagou Júlia.

– Segundo o “Leão”, o dono da “Peça da Coroação” não quis registrar queixa na delegacia. Sem registro de queixa, a polícia não tem como investigar.

– Será que ele decidiu investigar por conta própria?

– Sei lá – dona Olga sacudiu os ombros. – Só sei que isso está muito estranho. A “Peça da Coroação” vale uma fortuna. Há poucos meses li num jornal que uma moeda igual àquela que estava na exposição foi vendida por 200 mil dólares.

– Nossa... Então, o dono da moeda deve ter um motivo muito grande para não querer que a polícia entre no caso – supôs Júlia, fechando o batom. – Uma moeda supercara é roubada e o dono não faz nada para recuperá-la?

– E se foi o próprio dono que deu sumiço na moeda? – perguntou Rachid, tomando um longo gole de suco.

Júlia olhou para Rachid com espanto.

– E por que ele faria isso?

– Para receber um seguro. Já ouvi falar que isso é muito comum. Tem gente que até coloca fogo na própria casa para receber o dinheiro do seguro.

– É. Mas, para receber um seguro, ele teria que registrar queixa na polícia – declarou dona Olga. – Coisa que não fez.

– Como ele se chama? – perguntou Júlia.

Dona Olga desdobrou um pedaço de papel e leu o nome que havia anotado à mão:

– Paulo Roberto Pereira. Segundo o "Leão", ele trabalha como gerente de uma boate no centro da cidade. O "Leão" ficou de conseguir para mim uma ficha completa das atividades dele, ainda esta semana.

– Por que a senhora quer ver a ficha desse Paulo Roberto? – indagou Rachid.

– Porque existe alguma coisa estranha na vida dele. Raciocinem comigo: uma peça tão valiosa como aquela moeda só poderia pertencer a alguém muito rico. Afinal, somente uma pessoa com muito dinheiro teria condições de pagar por ela. No entanto, o Paulo Roberto trabalha como gerente de uma boate. É um emprego que dificilmente torna alguém milionário. A não ser que ele fosse, também, o dono da boate.

– E ele não é? – perguntou Rachid.

– Não. Segundo o "Leão" a boate pertence a um outro homem. Nada a ver com o Paulo Roberto.

– Onde ele mora? – perguntou Júlia.

– O Paulo Roberto? Pelo que eu e o "Leão" apuramos, num apartamento na Lagoa. Estou com o endereço aqui.

Rachid crispou-se:

– A senhora não está pensando em ir até lá convencer esse cara a dar parte na polícia, não é?

Dona Olga ia abrir a boca para responder quando a sala foi sacudida por uma barulheira ensurdecedora, que chegou a fazer os copos tremerem. Os três cobriram os ouvidos na mesma hora.

O que era aquilo?

Dona Olga, Júlia e Rachid destamparam lentamente os ouvidos e escutaram a música desafinada e estridente, cantada num volume insuportável:

Entrou uma formiga-a-a
No meu telefone celulaaaaarrrr

– Minha nossa, de onde está vindo isso? – perguntou dona Olga.

Não posso mais falar-ar-ar

Porque entrou uma formiga-a-a
No meu celulaaaarrrr

– Só pode ser o Mustafá – provocou Júlia.

– Meu pai? – Rachid esbugalhou os olhos. – De jeito nenhum! Fique a senhorita sabendo, dona Júlia Álvares Cabral, que meu pai Mustafá é um homem de *finíssimo* gosto musical. Ele jamais ouviria uma música desmiolada e sem pé nem cabeça como esta e ainda mais nesse volume infernal.

– Mas a casa de vocês fica colada à nossa – argumentou Júlia. – Se a música não vem de lá, vem de onde?

– Você chama isso de música? – perguntou Rachid. – O ruído do motor de um caminhão velho tem mais melodia do que essa... do que esse... do que essa... sinfonia de horrores.

Nisso, ouviram a campainha tocando insistentemente. Dona Olga correu para abrir a porta. Mustafá, com o seu bigodão grosso e escuro, entrou como um raio. Ele segurava num dos braços Aziz, o seu inseparável gato persa de fartos pelos cinzentos.

– Por Alá, o que está acontecendo aqui, dona Olga? – ele perguntou assustado, com seu sempre carregado sotaque árabe.

– Como assim, Mustafá?

– Esse barulho horrível. Não está ouvindo?

E a música continuava a toda:

Uma formiga entrou
No meu telefone celulaaaarrr
No meu celulaaaarrr

– Refere-se a essa música? – dona Olga sorriu amarelo. – Nós pensávamos que ela estivesse sendo tocada na sua casa.

– Na minha casa?! – retrucou Mustafá, agitando um dos braços. – Mas eu só gosto de música clássica, dona Olga.

Júlia teve uma ideia e cochichou a dona Olga:

– Vovó, você já pensou em dar uma olhadinha no quarto do André?

Dona Olga pareceu cair em si e subiu correndo a escada até o segundo andar, seguida por Júlia, Rachid e Mustafá. Abriu a porta do quarto de André e quase caiu para trás ao ver e, principalmente, ouvir o neto tocando uma guitarra plugada a um amplificador e cantando, entusiasmado, com sua voz inacreditavelmente ruim num microfone conectado a duas potentes caixas acústicas de um aparelho de som.

Meu celulaaaaarrr agora tem uma formigaaaaa
Agora tem uma formigaaaaa

Dona Olga correu e puxou o cabo do amplificador. O silêncio voltou à casa. André levou um susto e ralhou com a avó:

– Por que você fez isso, vovó? Eu estou terminando de compor a minha primeira música: "Entrou uma formiga no meu celular".

– Compor uma música? Ontem você queria ser colecionador de moedas e agora resolveu virar compositor?

– É. Comecei hoje. Meus pais me deram esta guitarra e este amplificador há mais de um ano e eu nunca tinha dado muita importância.

Por alguns segundos, dona Olga praguejou em silêncio contra aqueles pais irresponsáveis que, com tantos presentes no mundo para dar, foram escolher justamente o mais barulhento.

– Até que eu tive um sonho enquanto dormia – os olhos de André se iluminaram. – Foi ontem à noite. Um anjo pousou no pé da minha cama e me disse: "Você é um ser musical, André. Você é música".

Rachid interveio, indignado:

– Música? Desde quando isso é música? Nós, lá embaixo, compenetrados, preocupadíssimos, tentando resolver um crime e você aqui tocando essa porcaria de guitarra desregulada, com uma voz de arara fanha? Esse anjo só pode ser surdo. Ou maluco.

Mustafá olhou alternadamente para o filho e para dona Olga:

– Um crime? – ele perguntou, enquanto coçava a cabeça de Aziz, gostosamente aconchegado no seu braço. – Que crime?

– Meu caro Mustafá – dona Olga tomou-lhe o braço e conduziu-o lentamente para fora do quarto –, seu filho, que é muito inteligente, estava conversando conosco sobre uma moeda rara que foi roubada ontem.

Mustafá olhou para ela por um longo tempo, antes de responder, com um sorriso maroto:

– Está certo! Já entendi tudo. Mais um caso que vocês vão resolver – ele balançou os ombros, entregando os pontos, e falou a Rachid: – Meu filho, só peço que você não chegue muito tarde em casa hoje. Tenho que te dar a aula de árabe. E estou preparando lentilhas, salada de berinjela e carne de carneiro grelhada para o jantar. Tudo à moda iraquiana, como você gosta.

– Está bem, papai.

Mustafá parecia extremamente aliviado pela música de André ter cessado e despediu-se amigavelmente de todos.

Dona Olga virou-se para a turma e disse:

– É, garotada. Acho que o Mustafá adivinhou: esse é mais um caso que vamos ter de encarar. A polícia não está fazendo nada e alguém precisa descobrir quem surrupiou a "Peça da Coroação".

– Você não tem jeito mesmo, não é, vovó? – disse André, deixando a guitarra de lado. – Mesmo aposentada da Interpol, não consegue se afastar da rotina da polícia.

Dona Olga declarou com pompa, como se estivesse fazendo um discurso:

– Nós temos que saber o que aconteceu no Paço Imperial. É nossa obrigação. Afinal, nós quatro estávamos lá e a moeda foi roubada minutos antes de entrarmos na sala onde ela estava exposta. E vamos começar a trabalhar imediatamente! Já sei até por onde começaremos a investigação.

1) NÃO / NÃO / SIM

2) Só o Paço Imperial tem três andares.

SERÁ QUE VOCÊ SABE?

1) Por qual destes lugares dona Olga pretende começar a investigação?

2) Releia a primeira página desta história e responda: Por que você escolheu esse lugar?

3

A PRIMEIRA PISTA

Dona Olga apanhou sua bolsa, cobriu o ombro com um xale e trancou a casa. Ela, Júlia, Rachid e André caminharam pelas ruas arborizadas e margeadas por paredões de prédios altos de Copacabana e tomaram um ônibus para o centro da cidade. Era hora de voltar ao Paço Imperial. André estava bastante contrariado, pois preferiria ter ficado em casa comendo pipoca e assistindo a um filme na televisão, mas os outros não deram importância, pois já conheciam a preguiça de André e sabiam que aquela birra passaria logo.

Enquanto o ônibus andava, Júlia comentou:

– Acho que, antes de qualquer coisa, é bom a gente se lembrar direitinho de tudo o que aconteceu no Paço ontem.

– Mas é isso o que nós vamos fazer agora – respondeu dona Olga. – Conversar com os funcionários do Paço e colher informações.

– Não é disso que eu estou falando, vovó. Eu disse que a gente deve se lembrar de tudo o que a gente viu lá. Talvez algum de nós tenha visto alguma cena anormal, um detalhe qualquer, que na hora não demos grande importância, mas que pode levar à chave do mistério.

– Teve aquela mulher doida brigando com o vigilante – disse Rachid. – Quer cena mais anormal do que essa?

– É verdade – concordou Júlia. – Muita coincidência aquele bate-boca ter acontecido no momento em que a moeda foi roubada, vocês não acham?

– Não entendi o seu raciocínio – disse André.

– Muito simples – disse Júlia, ajeitando os óculos e assumindo um ar professoral. Desta vez os óculos tinham uma armação dourada e lentes quadradas, o que dava um ar meio intelectual à menina. – A mulher aprontou aquele escândalo para atrair a atenção de todo mundo que estava na exposição e assim deixar vazia a sala onde a "Peça da Coroação" estava exposta. Aí o ladrão foi lá e passou a mão nela, sem que ninguém visse.

Rachid, que estava meio distraído, arregalou os olhos e perguntou:

– Como é que é? O ladrão passou a mão na mulher?

– Não, Rachid!! – berrou Júlia. – Na moeda. Ele passou a mão NA MOEDA!! Ou seja, ele roubou a moeda.

Rachid enxugou a testa, aliviado:

– Ah, bom. Ufa...! Vocês me dão cada susto...

– Júlia tem razão e eu já tinha pensado nisso – interveio dona Olga. – Nós precisamos descobrir quem é essa mulher. E falar com ela.

– Que tal a gente começar a procurá-la visitando um a um todos os hospícios da cidade, para ver se ela não está internada em algum? – indagou Rachid.

– Grande ideia – disse Júlia. – Aí você aproveita e se interna também. Que tal?

Rachid começou a assobiar, fingindo não ter dado a mínima para a provocação de Júlia.

O ônibus chegou, enfim, ao centro do Rio e eles desceram na altura da Praça Quinze, exatamente como no dia anterior. Uma vez dentro do Paço Imperial, dona Olga tratou de procurar o vigilante que havia discutido com a mulher descontrolada no dia do roubo. Não se lembrava muito bem da fisionomia dele, mas bastou percorrer o primeiro salão da exposição para reconhecê-lo. Seguida de perto por Júlia, André e Rachid, ela se apresentou com cortesia e descobriu que o rapaz se chamava Dênis.

– Nós estávamos aqui ontem, quando aquela mulher fora de si começou a gritar com você – começou dona Olga. – Você, por acaso, se lembra do nome dela?

– Acho que era Lídia ou Lidiana... – respondeu Dênis. – Não tenho muita certeza – ele fez uma pausa. – Mas por que vocês estão me perguntando isso?

Rachid respondeu no ato:

– Porque tivemos a impressão de ser uma velha conhecida nossa. Pobre mulher! – ele assumiu um ar compungido. – Foi abandonada pelo marido dois meses depois do casamento e enlouqueceu, coitada... Estamos há anos à procura dela. É uma alma enferma que necessita de nossa ajuda e da nossa piedade.

Dona Olga, Júlia e André olharam estarrecidos para Rachid. Como ele havia conseguido bolar aquela história sem pé nem cabeça tão de repente e soar tão convincente?

– Ah, bom! – sorriu o vigilante, mais relaxado. – Já que é assim, por que não procuram a dona Vera Falcão, a curadora da exposição?

Rachid inclinou-se para André e sussurrou:

– O que quer dizer “curadora”?

– Curadora é a responsável pela exposição. Se ela fosse homem, seria curador.

– Ah, tá. É que eu pensei que “curadora” fosse alguém que pudesse “curar” alguém. Aquela doida varrida bem que precisa ser curada, vocês não acham?

Júlia fez uma careta, dando a entender que não tinha achado a menor graça na colocação de Rachid.

O vigilante continuou a falar:

– Foi a dona Vera quem acabou com o escândalo. Ela ouviu os gritos, correu até aqui e convidou a mulher para tomar um café no bistrô do térreo. Parece que as duas conversaram e se acertaram.

– E onde está a dona Vera agora? – indagou dona Olga.

– Se ela não estiver na exposição, vocês vão encontrá-la ou no bistrô ou na administração. Não tem erro. É uma mulher de mais ou menos quarenta anos, alta, magra e de cabelos escuros e compridos. Está usando uma roupa vermelha.

Os quatro agradeceram e saíram por uma porta de vidro. Dali se alcançava a escada que conduzia ao pátio interno do Paço, junto do qual ficava o bistrô. Eles desceram e avistaram a mulher descrita pelo vigilante, sentada sozinha numa das mesas do bistrô, tomando uma xícara de café.

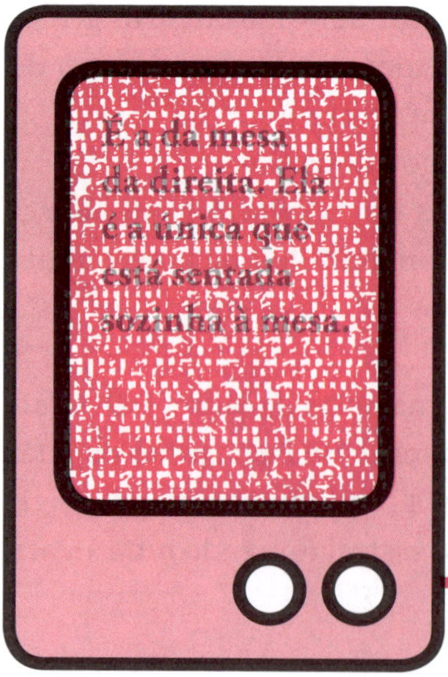

SERÁ QUE VOCÊ SABE?

Qual destas mulheres é a Vera Falcão? Como você descobriu?

– Só pode ser a dona Vera – disse Júlia, apontando com o dedo. – Uma mulher magra, de cabelos escuros e compridos e usando uma roupa vermelha... Aliás, um terninho um pouco vermelho demais, vocês não acham? Parece que ela está pegando fogo...

– Júlia, agora não é a hora mais apropriada para discutirmos moda – ralhou dona Olga, seguindo na frente.

Eles entraram no bistrô e dona Olga apresentou-se à mulher. Ela era, de fato, a Vera Falcão, curadora da exposição numismática. Vera convidou os quatro para se sentarem à mesa, e dona Olga disse:

– Queremos falar sobre aquela moça que bateu boca com um dos vigilantes da exposição, ontem. Ele disse que a senhora conversou com ela.

– É verdade. Por coincidência, nesta mesma mesa onde nós estamos sentados agora.

– Você se importaria de nos revelar quem é ela?

– Por que querem saber?

Rachid tomou a palavra, repetindo o que dissera ao vigilante:

– Porque, por acaso, nós estávamos na exposição quando começou a discussão e tivemos a impressão de conhecer a mulher. Ela parecia ser uma antiga amiga nossa, que não vemos há um tempão.

– O nome dela é Lidiana. Disse ser colecionadora de moedas do Brasil colonial. É esse o nome da sua amiga?

– É exatamente esse – respondeu dona Olga, automaticamente.

– Lidiana disse onde está morando? – perguntou Júlia.

– Ela só me falou o bairro: Botafogo. Tivemos uma conversa longa. Ela estava muito nervosa e eu a convidei para conversar comigo aqui para que se acalmasse e também para que não perturbasse mais a exposição. Vocês vão me desculpar, mas a sua amiga me pareceu um pouco... desequilibrada.

– Ah, ela é e muito – disse Rachid, falando como se conhecesse Lidiana profundamente. – A senhora, inclusive, correu sérios riscos trazendo-a para conversar aqui. Ela podia ter atirado uma xícara na sua cabeça e ter fugido em disparada berrando e pulando com uma perna só.

Nesse momento, dona Olga pisou com força no pé direito de Rachid. Era um recado claro para ele fechar a boca, antes que falasse alguma besteira comprometedora. Rachid soltou um grito, chamando a atenção de todos no bistrô. Ele se virou indignado para dona Olga com os lábios contraídos e só não lhe cobrou satisfações porque ela continuava falando normalmente com Vera:

– A senhora lembra quanto tempo durou a conversa de vocês?

– Não foi demorada – respondeu Vera. – Talvez uns dez ou quinze minutos.

– E, quando a senhora a trouxe aqui para o bistrô, a "Peça da Coroação" já tinha sido roubada? – perguntou André, de repente.

Vera sorriu maliciosamente:

– Por que você quer saber disso, chuchuzinho? O que uma coisa pode ter a ver com a outra?

Rachid soltou uma gargalhada estridente, apontando o dedo para André:

– "Chuchuzinho"...! Ahahahaha... "Chuchuzinho"...!

André corou, embaraçado.

– Não enche, Rachid – ele protestou.

Rachid cutucou-o:

– Sua memória anda curta, "chuchuzinho" – provocou ele, com zombaria. – Não se lembra? Quando a gente entrou na sala e encontrou a vitrine onde estava a moeda quebrada, a Lidiana ainda estava discutindo com o vigilante. É claro que quando a dona Vera trouxe a Lidiana para cá, a moeda já tinha sido roubada. Entendeu, "chuchuzinho"?

André ficou ainda mais vermelho. Rachid notou que o rosto dele estava mais para tomate do que para chuchu.

Dona Olga apressou-se em dizer:

– Nós não viemos aqui para perguntar da moeda e sim para perguntar da Lidiana – ela deu uma piscadela para eles. – Ou vossas majestades já se esqueceram?

– Não – respondeu Rachid, apontando para André. – Mas o nosso querido "chuchuzinho" quer sempre saber de tudo nos mínimos detalhes.

– Pelo menos eu não ando pelas ruas com um pano de prato na cabeça... – rosnou André.

Rachid segurou a ponta do *kefié* e fechou o rosto:

– Pano de prato? Desde quando isto aqui é um pano de prato? Quantas vezes eu vou ter que repetir...

– Chega! – interrompeu Júlia, com um berro. – Será que dá para a gente continuar conversando com a dona Vera?

Rachid cruzou os braços, emburrado, e decidiu desligar-se da conversa. Júlia perguntou a Vera:

– Só queremos saber de uma última coisa: a Lidiana disse alguma coisa esquisita à senhora?

– Como assim "esquisita"?

– Sei lá... Alguma coisa que a senhora tenha achado meio estranha.

Vera forçou a memória:

– Não me lembro de nada em particular. Ela estava bastante agitada. Disse que veio ver a exposição e que o vigilante cismou que ela tinha colocado a mão num dos expositores onde estavam algumas moedas de ouro – Vera inclinou a cabeça para a frente e disse: – Cá entre nós: mesmo que o vigilante tenha lhe chamado a atenção, isso não era razão para ela fazer todo aquele escândalo, concordam?

– Concordamos inteiramente – disse dona Olga, consultando o relógio de pulso. – Bem, acho que já conversamos tudo, não é? Agora é hora de irmos embora. Nós agradecemos demais a sua atenção em nos receber, dona Vera.

– Espero ter sido útil para vocês...

Os quatro despediram-se da curadora e levantaram-se da mesa. Rachid notou que André estava pensativo e com o olhar distante, e não se conteve:

– Aí, hein, "chuchuzinho"! Arrasando corações no Paço Imperial...

– Rachid, vá ver se eu estou na esquina, tá bom?

Eles foram caminhando pelo pátio colonial do Paço e saíram para o verdor da Praça Quinze. O trânsito ali era intenso e o ruído das buzinas enchia o ar. Júlia pisou, sem querer, numa fenda na calçada e desabou no chão. Os três correram para socorrê-la.

– Que droga! – Júlia soltou um grito. – O salto do meu sapato quebrou.

Dona Olga ajudou-a a colocar-se de pé.

– É no que dá usar esses saltos enormes e finos nessas calçadas cheias de buracos... Eu vivo te avisando.

Júlia conferiu o estrago. Não foi tão grande assim. Um sapateiro consertaria o salto em dois dias.

– E então, vovó? – perguntou André. – O que achou da conversa com a dona Vera?

– Muito produtiva. Pelo menos, já sabemos o nome da mulher que discutiu com o vigilante e em que bairro da cidade ela mora. É a nossa primeira pista. O que temos de fazer agora é procurar a vítima. Ou seja, o dono da “Peça da Coroação”: Paulo Roberto Pereira. Ele talvez tenha um suspeito.

SERÁ QUE VOCÊ SABE?

O Paço Imperial, onde está acontecendo a exposição numismática, já foi sede do governo brasileiro. Durante que período o Rio de Janeiro foi a capital do Brasil?

(1) de 1808 a 1960
(2) de 1763 a 1960
(3) de 1822 a 1960

4

O MISTERIOSO MORADOR DO 402

Paulo Roberto Pereira morava num edifício erguido de frente para a Lagoa Rodrigo de Freitas. Júlia, Rachid, André e dona Olga desceram do táxi e aproximaram-se do prédio. André impressionou-se com a altura da construção e ficou imaginando como seriam os apartamentos.

Procure pelo número 3 no mapa da página 108 e veja onde fica o edifício de Paulo Roberto Pereira.

– Só quero ver como a gente vai conseguir subir... – murmurou Júlia.

– Não sei quanto a você, mas eu pretendo subir de elevador – falou Rachid.

Júlia fez uma careta e apertou a bochecha direita de Rachid:

– Você entendeu o que eu disse, fofinho. Não se faça de engraçadinho. O que eu quero saber é se o porteiro vai deixar a gente entrar. O Paulo Roberto Pereira não conhece a gente e, com certeza, não vai autorizar a entrada de pessoas estranhas no prédio.

Ela fez uma pausa, olhou para a roupa que usava e acrescentou:

– Se bem que eu estou tão bem-vestida, que é capaz de o porteiro estender um tapete vermelho para mim, não acham?

Rachid e André se entreolharam.

– Só se for para você varrer o tapete – riu André.

Júlia ficou mais vermelha que um peru e, louca de raiva, quase partiu para cima do irmão. Mas dona Olga se meteu no meio dos dois:

– Nós vamos conseguir entrar no prédio, sim. Quando eu trabalhava na Interpol, entrei em um monte deles para investigar ladrões e assassinos. Será mais fácil do que vocês pensam. Esperem aqui, enquanto eu vou lá me apresentar ao porteiro. E, por favor, comportem-se. Nada de brigas.

Era um recado claro para Júlia e André. Dona Olga entrou na portaria do prédio para conversar com o porteiro. Enquanto dona Olga falava, o porteiro, de vez em quando, olhava meio intrigado para os meninos e para Júlia, que permaneciam na calçada. Em especial para Rachid, que percebeu na hora e começou a resmungar umas coisas que não dava para entender.

Quando dona Olga terminou de falar, o porteiro fez uma negativa com a cabeça e abriu a porta para ela sair. André balançou o *kefié* de Rachid e disse:

– Olha lá! O cara virou as costas para a vovó. Ele nem avisou o Paulo Roberto pelo interfone.

– Será que a gente não vai mesmo conseguir entrar? – perguntou Júlia.

Dona Olga deixou o prédio e encontrou a garotada em visível expectativa.

– Calma, pessoal – ela se apressou em falar. – O porteiro disse que o Paulo Roberto não está em casa. Que ele saiu para almoçar e que deve estar voltando a qualquer momento.

– Agora o grande enigma é saber se o PRP vai querer falar com a gente... – resmungou Rachid.

– PRP ??!! – exclamaram Júlia e André ao mesmo tempo.

– São as iniciais do nome dele. Paulo Roberto Pereira é um nome muito comprido. PRP é mais simples de falar...

– Bem, se o... PRP – dona Olga tinha adorado a ideia da sigla – vai querer conversar conosco, eu não sei. Mas acabo de ter uma excelente ideia. Se nós conseguirmos entrar no prédio antes de o PRP chegar, poderemos subir e esperar por ele na porta do apartamento. Ele não vai ter como fugir.

– Tudo bem. Mas como faremos isso? – perguntou André, já parecendo meio desanimado.

– Simples – dona Olga apontou para a fileira de carros parada diante do semáforo vermelho. – Estão vendo aquele carro parado do lado direito da rua?

– Aquele com o pisca-alerta ligado? – perguntou Júlia, estreitando os olhos por trás dos óculos.

– Exato! Ele não ligou o pisca-alerta à toa. É sinal de que vai entrar em algum prédio, já que não tem nenhuma rua transversal aqui à nossa volta.

– Ou seja, pode ser que ele entre *nesse* prédio...? – disse Rachid, apontando para o edifício de Paulo Roberto.

– Se for – continuou dona Olga –, a porta da garagem vai se abrir, o carro vai entrar e aí nós entramos correndo atrás dele, antes de a porta se fechar. O que vocês acham?

– Acho que pode funcionar – disse Júlia. – A garagem aqui deve ser automática. Ou seja, o porteiro a aciona a distância, da própria portaria. Ele não vai ter como impedir a gente de entrar.

– Tudo bem, dona Olga. Vamos tentar o seu plano – Rachid reparou que o semáforo acabara de abrir para os carros. – Se não der certo, a senhora vai receber um prêmio: vai ficar o resto do dia trancada no seu quarto ouvindo o André tocar guitarra e cantar "Entrou uma formiga no meu celular" no último volume.

O carro avançou, fez a curva e parou exatamente em frente à garagem do prédio. A porta automática começou a abrir, enquanto uma sinaleira apitava.

Dona Olga disse:

– Não se esqueçam de que devemos entrar agachados. Para que o motorista não nos veja.

– Será que ele é o Paulo Roberto? – perguntou André.

– Bem, se for, a gente logo vai saber, não é? – sorriu Júlia.

– Estou começando a achar que é melhor nós deixarmos esse plano pra lá e voltarmos ao conforto do lar... – disse André, que claramente começava a ficar com medo. – Vocês me metem em cada situação...

A porta se abriu totalmente e o carro entrou. Dona Olga e a turma agacharam-se e correram atrás do carro, antes que a porta se fechasse atrás deles. Não conseguiam acreditar. Estavam, agora, dentro do prédio. Dona Olga seguiu na frente e procurou se orientar:

– Onde será que fica a escada?

– Escada? – reagiu André, indignado – Será que não é melhor você procurar saber onde fica o elevador?

– Claro que não – respondeu dona Olga. – Muitos elevadores costumam ter câmeras de vigilância. Se subirmos pela escada, não seremos vistos.

– Que acha então de, em vez de simplesmente subirmos a escada, nós corrermos escada acima? – complementou Rachid. – Afinal, se é para chegarmos exaustos lá em cima, vamos fazer a coisa direito, não é?

– Deixem de drama, crianças – ralhou dona Olga. – São só quatro andares. Paulo Roberto Pereira mora no 402.

– Quatrocentos e dois? – André suspirou aliviado. – Bem, se são só quatro andares, temos alguma chance de chegar vivos.

Eles encontraram o acesso à escada no exato momento em que ouviram o motor do carro que acabara de entrar na garagem ser desligado. A escada ficava ao lado do elevador de serviço. Eles começaram a subir, devagar. Apesar da idade, dona Olga era a mais rápida. André era o mais lento e, já no segundo lance, estava ofegante como se tivesse corrido vinte quilômetros em zigue-zague. Júlia olhava para todos os lados e ficou aliviada ao constatar que não havia nenhuma câmera ali. Só pequenos globos de luz, irradiando uma claridade fraca.

Chegaram ao quarto andar e abriram a pesada porta que separava a escada do *hall* dos apartamentos. Dona Olga não escondeu a surpresa. Havia, no *hall*, nada menos do que dezesseis portas. O que totalizava oito apartamentos, já que cada um possuía uma entrada social, ao lado de outra de serviço. Por mais bem localizado que fosse o prédio, aqueles apartamentos não deviam ser grandes. E, além do mais, o *hall* estava em péssimo estado, com paredes sujas e descascadas e com o piso de cerâmica manchado, precisando urgentemente ser trocado.

Eles tocaram a campainha do 402 e esperaram. Ninguém atendeu. Naquele momento, perceberam a porta do elevador se abrindo e viram um homem de estatura mediana, barriga saliente, bigode e fartos cabelos grisalhos surgir de dentro dele com um molho de chaves na mão. Ao perceber os quatro parados na porta do seu apartamento, o homem parou de repente e olhou-os com fúria:

– Quem são vocês?

– O senhor é o Paulo Roberto Pereira? – perguntou dona Olga.

O homem arregalou os olhos e Júlia pensou que iria sair fogo de dentro deles.

– Como sabem o meu nome? – berrou ele. – Quem são vocês?!

– Viemos aqui por causa da moeda que foi roubada da exposição no Paço Imperial – respondeu Júlia. – A *sua* "Peça da Coroação".

O rosto de Paulo Roberto ficou desfigurado de ódio. Ele meteu a mão no bolso do paletó e puxou um revólver dourado. André entrou em desespero:

– Ele está armado. AI, MEU DEUS! ELE VAI NOS MATAR!

Júlia segurou o irmão e cobriu-lhe a boca, antes que ele gritasse mais. Paulo Roberto apontou o revólver para eles e bradou, energicamente:

– Saiam da minha frente! Preciso entrar no apartamento e vocês estão bem no meu caminho.

Dona Olga foi apaziguadora:

– Calma, cavalheiro. Baixe essa arma. Nós viemos em paz!

– Em paz? – Paulo Roberto soltou uma gargalhada raivosa. – Vocês invadiram o meu prédio e estão aí falando coisas sem sentido. Caiam fora agora, senão eu abro fogo!

André puxou Rachid e Júlia pelas roupas:

– Vocês não ouviram ele falar? – balbuciou o menino, apavorado. – Vamos embora, vamos embora... Já ficamos muito tempo aqui.

Rachid desvencilhou-se de André e caminhou desafiador na direção de Paulo Roberto, que mantinha a arma apontada.

– Por que o senhor não quis registrar queixa na polícia? – ele perguntou. – Aquela moeda vale uma nota...

– O que você tem com isso, seu fedelho esquisito? – Paulo Roberto apontou o revólver para ele. – Eu lá tenho que te dar satisfações da minha vida?

Rachid ficou enfurecido:

– O senhor é um homem estúpido e mal-agradecido! – reagiu ele. – Viemos aqui para ajudá-lo a recuperar a moeda e o senhor faz uma grosseria dessas?

– Eu sei lá de que moeda vocês estão falando? E não pedi a ajuda de ninguém, muito menos de uma velhota e de um grupo de pirralhos me-

tidos. Agora, sumam daqui, senão eu vou chamar a polícia para tirá-los à força. E ainda vou denunciá-los por invasão de domicílio.

– Isso é curioso – Júlia coçou o queixo. – O senhor ameaça nos denunciar à polícia por não termos feito nada. Mas denunciar o roubo da sua moeda valiosíssima, isso o senhor não faz.

Paulo Roberto perdeu o controle.

– Sumam daqui! – ele começou a urrar como um louco. – Senão eu atiro em todo mundo! Sumam daqui, agora!!

Dona Olga gesticulou calmamente para a turma:

– Vamos embora, minha gente. Acho que foi uma besteira termos vindo.

Paulo Roberto tinha os olhos esbugalhados, num misto de ódio e pânico. Ele esperou os quatro "intrusos" entrarem no elevador para, só então, guardar o revólver no bolso, abrir a porta do seu apartamento e entrar, ofegante. Com raiva, ele atirou as chaves com violência no chão e esfregou o rosto, tentando se acalmar:

– Só me faltava essa. Preciso fazer alguma coisa. E tem que ser rápido!

* * *

Dona Olga e a turma saíram pela portaria. O porteiro, ao vê-los, quase caiu da cadeira, de susto.

– Como vocês conseguiram entrar no prédio? – ele perguntou.

– Pelo telhado – respondeu Rachid. – Nós tomamos um helicóptero no heliponto que fica aqui na beira da Lagoa e descemos de paraquedas.

Dona Olga pisou de leve no pé de Rachid e ele quase gritou, mas se conteve.

– Nós ficamos encantados com esse prédio e estamos interessados em comprar um imóvel aqui – disse dona Olga, obviamente mentindo para o porteiro. – O senhor sabe me informar o tamanho dos apartamentos?

– Não são apartamentos muito grandes. Devem ter uns setenta metros quadrados.

– Cada um tem quantos quartos?

– Dois quartos.

– E tem algum milionário morando aí?

O porteiro pensou um pouco:

– Milionário? Olha, eu acho que não.

Dona Olga abriu um sorriso triunfante e agradeceu ao homem.

Eles saíram do prédio. André indagou à avó:

– Por que você fez todas aquelas perguntas?

– Para confirmar uma suspeita.

– Que suspeita? – perguntou Rachid.

– A de que esse não é um prédio de ricos. É um prédio de classe média. Eu percebi isso logo que chegamos ao quarto andar. Cada andar tem oito apartamentos, o *hall* é malconservado e o prédio não é grande. Logo, Paulo Roberto não é rico. Qual a questão que surge daí?

Todos os três perceberam na hora o que dona Olga estava querendo dizer. E, pelo resto do dia, uma pergunta não lhes saiu da cabeça.

SERÁ QUE VOCÊ SABE?

Que pergunta foi essa que não saiu da cabeça de dona Olga e da turma?

5

UM VULTO SURGE NA SACADA

No dia seguinte, Júlia, André e Rachid chegaram do colégio, almoçaram em suas casas e, às duas e meia, Rachid já estava sentado com dona Olga e Mustafá na sala de jantar da casa dela tomando um chá. O gato Aziz dormia e ronronava tanto no colo de Mustafá, que dona Olga achava que, dali a pouco, ele estaria roncando alto.

Mustafá, que estava de férias, havia trazido um presente para dona Olga: uma pintura retratando o rio Tigre, que atravessa a cidade de Bagdá, capital do Iraque. A pintura tinha sido mandada pela irmã de Mustafá, Sajida, que morava no Iraque. Aliás, o Iraque era o assunto predileto de Mustafá. Ele era capaz de ficar horas falando sobre como era lindo o seu país. Naquela tarde, Mustafá contou sobre Mansur, o bairro de Bagdá onde ele morou até se mudar para o Brasil. Nos tempos em que ele viveu lá, era um bairro próspero, arborizado, repleto de residências elegantes, lojas e ótimos restaurantes.

Mustafá descrevia Bagdá como uma cidade grande, cheia de edifícios modernos, largas avenidas, hotéis de luxo e belos parques. A cidade tinha também uma área antiga, com um grande e colorido mercado chamado al-Bazzazeen e muitas mesquitas, cada uma mais luxuosa e deslumbrante do que a outra. As mesquitas são os templos religiosos dos muçulmanos. O mesmo que as igrejas representam para os cristãos. Todos os dias, ao amanhecer, religiosos muçulmanos chamados de *muezins* sobem no alto dos minaretes das mesquitas, que são umas torres finas e bem altas, e cantam em árabe, convidando os muçulmanos para a oração diária. O canto dos *muezins* é lindo, e Mustafá sempre fica emocionado quando se recorda dele. É uma das coisas do Iraque que mais lhe fazem falta.

– Um dia, nós ainda iremos todos ao Iraque – disse dona Olga, empolgada. – Vai ser maravilhoso visitar o palácio dos Abássidas e passear pela rua Abu Nuwas às margens do rio Tigre, em Bagdá. Adoraria também conhecer a Grande Mesquita de Samarra e o seu lindo minarete em espiral que me faz lembrar a lendária Torre de Babel.

– Vai ser uma viagem inesquecível – disse Mustafá, com um sorriso enorme.

Mustafá tinha tomado o último gole de chá, quando André apareceu na sala e olhou zombeteiro para Rachid.

– O que é isso, Rachid? – ele indagou, quase rindo. – Tomando chá?

Rachid olhou interrogativamente para a xícara à sua frente e, em seguida, para André, sem entender qual era a graça.

– Sim. Chá-preto. Algum problema?

Dona Olga e Mustafá observavam os dois, sem se intrometer.

– É que chá é bebida de velho – disse André, sentando-se à mesa. – Um garoto como você deveria beber outras coisas.

– Bebida de velho? Só se for na sua cabeça oca. Chá é uma bebida de gente fina, isso sim. Você devia seguir o meu exemplo, em vez de ficar se entupindo de refrigerantes. É por isso que você tem o miolo mole e esse barrigão indecente.

André encolheu a barriga na hora e reagiu, meio sem graça:

– Miolo mole tem a sua avó – grunhiu ele, já menos seguro de suas opiniões do que quando entrara na sala. – E eu só estou falando isso para o seu bem. Você não liga que muita gente te acha esquisito?

Usando esse pano xadrez na cabeça e bebendo chá como um velho?

Rachid tomou, calmamente, mais um gole do chá e disse, depositando a xícara no pires:

– Nem um pouco. Eu não dou a mínima para o que as pessoas pensam de mim. Elas que fiquem com as suas opiniões, que eu fico com o meu chá e o meu *kefié* – e passou, orgulhoso, a mão pelo tecido enxadrezado perfeitamente ajustado à sua cabeça.

– Assim é que se fala, Rachid – interveio dona Olga. – Aprenda uma coisa, André: todo mundo, em maior ou menor grau, tem as suas peculiaridades. Muitas vezes, uma pessoa que parece bem "normal" é, na intimidade, muito mais esquisita do que todos nós aqui reunidos.

– É isso – Rachid abriu um sorriso malicioso. – Tem umas pessoas, por exemplo, que gostam de castigar os ouvidos dos outros com uma guitarra barulhenta e uma voz de bode com dor de barriga. E, vejam vocês, que são pessoas que nem parecem ser assim tão "normais".

Era uma indireta certeira para André e ele quase explodiu de raiva. Mustafá levantou-se com Aziz aninhado no seu braço e apertou amigavelmente a mão de dona Olga:

– Já vou indo, dona Olga. Grato pela conversa e pelo chá – ele agradeceu e virou-se para André: – Escuta, André. É bom aprender a gostar de chá. *Shay*, como se diz em árabe. Eu e dona Olga vamos planejar uma visita ao meu querido Iraque e você vai beber muito chá lá. Chá é mais bebido no Iraque do que café no Brasil.

– Não se preocupe, Mustafá. Isso é só birra. André nunca tomou chá na vida e não sabe o que está dizendo. Um dia ele muda de ideia.

André amarrou ainda mais a cara e ficou num canto resmungando. Dona Olga despediu-se de Mustafá na porta da casa no momento em que Júlia chegava, carregada de livros, vinda do curso de inglês, em Botafogo, que fazia duas vezes por semana. Ela estava muito bem-vestida e maquiada como se tivesse ido a uma festa. Usava óculos de armação azul, combinando com a cor da blusa. A menina entrou exultante e anunciou pomposamente, como se tivesse acabado de descobrir a pólvora:

– Vocês não imaginam o que acabou de acontecer.

Os três olharam para ela em expectativa.

– Eu tinha acabado de sair do curso de inglês e estava andando pelas ruas de Botafogo até o ponto de ônibus quando, de repente, sabem quem eu vi?

– O saci-pererê? – perguntou Rachid, fazendo pouco caso.

– Não, a Lidiana.

– A Lidiana?! – indagaram dona Olga, Rachid e André em coro.

– Aquela histérica da exposição numismática? – perguntou Rachid.

– Ela mesma. Quando a vi passar por mim na rua, não pensei duas vezes e fui atrás dela. Mantive uma certa distância, é claro, para ela não perceber. Afinal, eu estava toda arrumada, chamando a atenção de todo mundo e ela podia me notar, né? A Lidiana entrou num prédio bonito que fica a uns dois quarteirões do meu curso. Aposto que ela mora lá.

– Que notícia maravilhosa! – alegrou-se dona Olga. – Você, então, descobriu o prédio da Lidiana? A dona Vera havia dito lá no Paço Imperial que ela morava em Botafogo e eu estava mesmo pensando em procurar o endereço dela hoje, com o auxílio do banco de dados da Interpol – dona Olga deu um beijinho na cabeça da neta. – Júlia, meu anjo, nenhum agente da Interpol teria atuado com tamanha eficiência. Meus parabéns!

Júlia sorriu, toda prosa. Dona Olga não perdeu tempo. Subiu a escada até o seu quarto e voltou em seguida com um xale à volta dos ombros, óculos escuros e uma bolsa na mão.

André olhou para ela, espantado:

– O que você está pensando em fazer, vovó?

– O que você acha? Ir imediatamente até o prédio da Lidiana e tentar falar com ela. E vocês vêm comigo. Não temos um minuto a perder.

André atirou-se na poltrona.

– Eu não vou não. Acordei muito cedo hoje para ir à escola e preciso descansar.

Rachid e Júlia entreolharam-se, parecendo pensar a mesma coisa. Na mesma hora, eles correram para forçar André a levantar, cada um puxando um braço do menino.

– Não é hora de preguiça, André – disse Júlia. – Você vai com a gente, sim senhor. Onde já se viu largar uma investigação no meio?

– É isso mesmo. Ponha essa barriga gorda para trabalhar – endossou Rachid.

André ainda resistiu um pouco, mas acabou se rendendo. Ele esbravejava baixinho, enquanto saíam os quatro da casa e caminhavam pela simpática e pacata ruazinha em que moravam até a esquina com a movimentada rua Toneleros, onde tomaram um táxi para Botafogo.

Foi uma corrida rápida e, em poucos minutos, o táxi deixou-os na esquina da rua onde ficava o prédio de Lidiana. A rua chamava-se Guilhermina Guinle e ligava as duas avenidas mais movimentadas do bairro de Botafogo. Era uma rua reta e muito arborizada, mas com um tráfego de veículos intenso. Júlia foi na frente e parou diante da entrada do prédio de Lidiana.

Procure pelo número 4 no mapa da página 108 e veja onde fica o prédio de Lidiana.

– Chegamos.

Dona Olga, André e Rachid observaram a fachada. Era um edifício alto, bonito, todo branco, com um bem cuidado jardim na frente. Uma grade o separava da calçada.

Dona Olga apertou o botão do interfone. Ouviu a voz metálica do porteiro atendendo:

– Sim?

– Viemos falar com a dona Lidiana.

– Hã? Com quem?

– Com a dona Lidiana.

– Ah, tá. Qual o nome da senhora?

Dona Olga pensou rapidamente:

– Meu nome? Bem, eehh... C... Cármen. Meu nome é Cármen. Diga à dona Lidiana que trouxemos notícias da "Peça da Coroação", que foi roubada. Ela sabe o que é.

Era, naturalmente, uma desculpa esfarrapada para aguçar a curiosidade de Lidiana e forçá-la a recebê-los.

O porteiro pediu licença e foi interfonar para o apartamento de Lidiana.

Júlia esfregou as mãos, em expectativa:

– É agora ou nunca. A gente vai descobrir esse mistério.

A voz do porteiro voltou ao interfone:

– Dona Lidiana pediu para vocês aguardarem, que ela já vai descer.

– Obrigada – agradeceu dona Olga.

Naquele momento, um vulto de mulher, usando lenço na cabeça e óculos escuros, surgiu numa das sacadas do sexto andar do edifício. Munida de um binóculo, ela observou longamente a distinta senhora e a garotada de pé na calçada e fez um telefonema.

SERÁ QUE VOCÊ SABE?

Esta é a segunda vez que a turma faz uma visita a um prédio e deixa a pessoa que mora nele bastante desconfiada. Responda: quem está espionando a turma de binóculo nesta ilustração? Como você sabe?

É Paulo Roberto Pereira, que mora no 4º andar de um prédio, como vimos no capítulo "O misterioso morador do 402". Lidiana mora no 6º andar.

6

SURPRESA NO QUIOSQUE DE FLORES

Meia hora depois, dona Olga, Júlia, André e Rachid permaneciam de pé na calçada defronte ao edifício, esperando por Lidiana. Uma brisa fria soprava, sacudindo as árvores e desalinhando o cabelo de Júlia, para desespero dela, que o havia escovado com tanto cuidado. A menina começava a ficar impaciente:

– Será que ela vai vir mesmo? Quanta demora... Puxa, não é certo uma garota fina como eu, toda produzida, com uma roupa *superfashion*, um visual pra lá de descolado, ficar esperando essa mulher aparecer. E ainda por cima, do lado de fora do prédio. A Lidiana podia, pelo menos, ter convidado a gente para esperar na portaria.

André soltou uma risadinha entre os dentes:

– Ela, com certeza, não deve saber que vossa alteza sereníssima está aqui. Só por isso ainda não mandou a guarda de honra do prédio vir aqui receber você com a pompa reservada aos visitantes ilustres.

Júlia ia dar uma resposta desaforada, quando dona Olga pigarreou, interrompendo aquele princípio de discussão:

– Talvez a Lidiana estivesse ocupada na hora em que chegamos – supôs. – No meio de um telefonema, talvez.

– Ou então ela disse que não iria descer e o porteiro entendeu errado – disse Rachid. – A Júlia está certa. Eu também não pretendo ficar o resto do dia plantado aqui como se fosse um poste. É melhor a senhora falar com o porteiro de novo, dona Olga.

Ela concordou:

– Acho que vocês têm razão. Esta demora está mesmo estranha.

Dona Olga tornou a pressionar o botão do interfone e o porteiro atendeu.

– O senhor sabe, por acaso, se a dona Lidiana vai demorar muito para descer?

– Ela disse que ainda iria se arrumar. Deve estar descendo. Quer que ligue para lá de novo?

Dona Olga pensou um pouco. Já havia transcorrido meia hora desde que eles chegaram. Àquela altura, Lidiana devia estar se preparando para sair do apartamento.

– Não se incomode. Nós esperamos um pouco mais. Obrigada.

Assim que dona Olga desligou o interfone, André esticou o olhar e viu um furgão estacionando a alguns metros dali. Dois homens de boné e óculos de sol saltaram e vieram caminhando na direção deles.

– Acho melhor a gente ir embora – murmurou André.

– Ir embora? Por quê? – perguntou Rachid.

Ele apontou discretamente para os dois homens.

– Não tenho certeza, mas acho que estamos prestes a cair numa armadilha.

Júlia lançou um olhar para a portaria deserta. Nenhum sinal de Lidiana. Olhou para cima, para o edifício: havia um vulto de pé numa das sacadas laterais do sexto andar; ele parecia observá-los. A menina cutucou a avó discretamente e fez um movimento com a cabeça para que ela também olhasse.

Dona Olga teve um mau pressentimento e voltou a acionar o interfone. O porteiro atendeu de novo:

– Sim?

– Estou um pouco confusa: a dona Lidiana mora no 601 ou no 602?

– No 602. Por quê?

– Por nada – dona Olga desligou imediatamente o interfone. O vulto do sexto andar só podia ser Lidiana. Ela puxou Júlia, Rachid e André:

– Vamos sair daqui. Depressa!

Os quatro saíram em disparada pela rua. Os homens, que vinham caminhando devagar, também começaram a correr, e um deles gritou:

– São eles mesmos! A velhota, a garota de óculos, o gorducho e o com o pano de prato da cabeça! Vamos pegá-los!

Rua São Clemente
Botafogo

Rachid olhou revoltado para trás:

– Pano de prato? Que pano de prato?

A seguir, disse, mais aliviado:

– Gente, por que estamos fugindo? É lógico que esses caras não estão atrás de nós. Não tem ninguém aqui com um pano de prato na cabeça...

– Rachid, isso não é hora de discutir se esse treco que você usa na cabeça é um pano de prato ou não... – ralhou Júlia.

Rachid exaltou-se:

– Eu já disse um milhão de vezes... Isto não é um pano de prato... Não é um pano de prato...!

– Estou ficando cansado – disse André, todo molhado de suor. – Ainda vamos ter que correr muito?

– Se nós precisarmos correr até o Amazonas, nós vamos correr – disse dona Olga, que era a mais veloz dos quatro.

Eles alcançaram a rua São Clemente, uma grande avenida, margeada por edifícios, mansões e com um grande movimento de veículos. Ali, bem na esquina, havia um romântico quiosque de flores e plantas. Júlia olhou para os lados e decidiu:

– Vamos nos esconder aqui neste quiosque. Rápido!

Rachid e André correram para trás de dois grandes vasos com pinheiros e arbustos, encostados num muro. Dona Olga encontrou abrigo atrás de um jipe estacionado ao lado e Júlia entrou no quiosque, dirigindo-se ao florista. Ele atendia a uma freguesa, que estava de pé, do lado de fora, aparentemente escolhendo algumas flores colocadas em vasos sobre a calçada.

– Tem dois bandidos correndo atrás da gente – ela cochichou para espanto do homem. – Se perguntarem por mim, pela minha avó e pelos dois meninos, diga que não nos viu.

O homem respondeu nervoso:

– Tudo bem, tudo bem...

Júlia, então, escondeu-se num canto do quiosque, agachando-se sob uma prateleira coberta de vasos com rosas e violetas. Ouviu passos se aproximando. Uma voz masculina, que parecia um trovão de tão grossa, perguntou subitamente:

– Ô meu amigo! Você, por acaso, viu quatro pessoas passando por aqui correndo?

Júlia olhou para o lado e engoliu em seco. O sapato preto de um dos homens estava a apenas poucos centímetros de distância do seu braço. Se ele olhasse para baixo, seria o fim.

O florista respondeu:

– Não, senhor. Não vi nada.

– Na verdade, são dois meninos, uma menina e uma velha – falou o outro homem. – Um dos garotos está com um ridículo pano xadrez na cabeça e a menina usa óculos e está vestida com uma roupa esquisita, parecendo que vai para uma festa junina.

Júlia sentiu seus miolos ferverem. Roupa esquisita? Festa junina? Ela tinha se produzido toda, como se fosse participar de um desfile de moda, e era obrigada a ouvir aquilo? Se não estivesse escondida, sem poder se mexer, aquele sujeitinho iria ouvir poucas e boas e levar uns tabefes. Ah, se ia. *Que ódio!*

– Já disse que não vi ninguém – repetiu o florista.

Fez-se silêncio. Júlia tremeu ao pensar que os homens poderiam estar vasculhando o lugar. Mas, em vez disso, um deles, o de voz mais grossa, disse:

– Está certo. Vamos dar uma busca por aí. Eles devem estar por perto.

E saíram.

Júlia ainda deixou passar uns cinco minutos até criar coragem para se levantar.

– Muito obrigada, moço – disse ao florista, ajeitando os óculos no rosto. – Se esses caras nos pegam... Nem sei o que seria de nós.

– A cidade está cada vez mais violenta – respondeu o florista. – Vocês precisam tomar cuidado ao andar por aí.

Meio acanhada, ela olhou para a própria roupa e esperou alguns segundos antes de perguntar ao florista:

– Olhe para mim. O senhor acha que eu pareço vestida para uma festa junina?

O florista deu de ombros, sem saber o que dizer.

– Esse bandido não deve entender nada de moda. Festa junina... Eu? – rosnou Júlia, sacudindo os ombros. – Acho que as pessoas precisam ter mais bom gosto. Não é à toa que o cara é um bandido – ela sorriu para o florista. – Obrigada, moço.

Júlia saiu do quiosque e fez sinal para dona Olga, André e Rachid deixarem seus esconderijos. Foi somente aí que eles puseram os olhos na freguesa que o florista estava atendendo.

Era Vera Falcão, a curadora da exposição numismática, no Paço Imperial.

* * *

Segurando um ramo de rosas vermelhas e amarelas, Vera virou o rosto e pousou os olhos sobre dona Olga, Júlia, André e Rachid. Reconheceu-os na hora:

– Ora, vejam só... – ela abriu um sorriso. – Que agradável surpresa. Não esperava reencontrá-los tão cedo...

Os quatro entreolharam-se, meio desconcertados.

– Para ser sincero, a gente também não esperava – respondeu André.

Vera falou ao florista:

– Vou levar estas rosas. O senhor disse que vai receber uns cravos vermelhos na semana que vem, não é? Pode guardar alguns para mim, por favor?

– Sim, senhora.

Dona Olga perguntou a Vera:

– O que a senhora está fazendo aqui?

– Comprando flores. Eu passo neste quiosque duas vezes por semana. É caminho entre o Paço Imperial e Ipanema, onde eu moro. Gosto da minha casa sempre florida e com flores frescas.

Procure a linha mais escura no mapa da página 108 e veja o trajeto que Vera Falcão costuma fazer do Paço Imperial até a casa dela, passando pelo quiosque de flores.

– A senhora vem aqui duas vezes por semana, entre o seu trabalho e a sua casa? – Rachid estava impressionado. – Deve ser um problema para estacionar o seu carro, não é? – ele apontou para os lados. – Quase não há vagas livres por aqui...

– Acontece que eu nunca venho de carro. Só ando de táxi. Eu não dirijo.

André olhou para os lados:

– Ah é? E o táxi fica esperando a senhora escolher as flores?

– Não. Eu pego um táxi perto do Paço Imperial, desço aqui e quando termino de comprar as flores, tomo outro táxi e vou para casa. Entendeu, chuchuzinho?

André ficou vermelho de vergonha. Não conseguia acreditar que Vera o havia chamado novamente de "chuchuzinho". Olhou para Rachid, que havia coberto a boca com as duas mãos, fazendo um esforço visível para não se acabar de tanto rir.

SERÁ QUE VOCÊ SABE?

Vera Falcão disse uma mentira a Rachid. Que mentira foi essa? Como você sabe que ela mentiu?

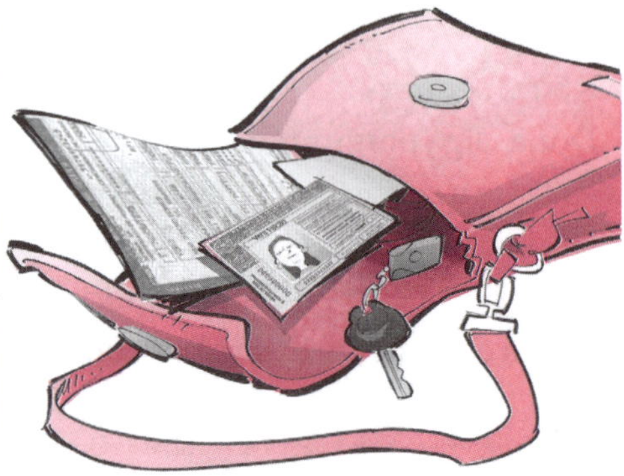

Vera pagou as flores e perguntou à turma:

– Vocês moram aqui perto?

– Não – respondeu dona Olga. – Moramos em Copacabana.

– Então, é caminho para mim. Eu moro no começo de Ipanema. Se quiserem, posso dar uma carona até a casa de vocês.

Os quatro olharam-se interrogativamente.

– Não há necessidade – disse dona Olga. – Não queremos dar trabalho.

– Mas não é trabalho algum. Eu vou mesmo passar por Copacabana. Faço questão.

Eles não tiveram tempo de argumentar. Vera já estava fazendo sinal com a mão para o primeiro táxi que se aproximava. Ela se sentou na frente; dona Olga e a garotada espremeram-se no banco de trás.

Enquanto o carro avançava pelo trânsito pesado de Botafogo rumo ao Túnel Velho, que levava a Copacabana, dona Olga ficou matutando. Era uma grande coincidência terem encontrado Vera Falcão próximo ao prédio de Lidiana. E, também, a perseguição que sofreram era uma evidência e tanto para incriminar Lidiana de vez no caso do roubo da moeda de ouro.

VOCÊ SABIA?

Rachid usa um *kefié* na cabeça. É uma peça de roupa muito usada pelos homens em todo o mundo árabe. Além do *kefié*, os árabes possuem outras vestimentas típicas. Eis algumas delas:

Turbante – comprida faixa de pano que é enrolada sobre a cabeça. Vestimenta usada também por outros povos do Oriente, como os persas e os hindus.

Dishdasha – túnica larga e comprida, normalmente de cor clara, usada pelos homens.

Gutra – lenço branco usado pelos homens sobre a cabeça. Assim como o *kefié*, é preso por um cordão grosso, que se chama *igal*. É comum árabes usarem a *dishdasha* e a *gutra* ao mesmo tempo.

Abaia – túnica comprida usada por muitas mulheres por cima da roupa.

Nikab – véu negro usado pelas mulheres, que cobre todo o rosto, deixando só os olhos à mostra.

7

A DICA DO "LEÃO"

Dona Olga sentou-se diante do computador portátil de última geração que ficava sobre a escrivaninha do seu quarto. Ela digitou uma longa sequência de letras e números no teclado e, instantes depois, a sombra de uma cabeça masculina, projetada sobre um fundo azulado, apareceu na tela.

Uma voz grave e austera de homem reverberou nas caixas de som:

– A senha... Diga a senha.

Era o "Leão", o poderoso e influente contato de dona Olga na Interpol. Ela colocou os óculos de leitura, abriu o livro de poesias que guardava estrategicamente numa das gavetas da escrivaninha e aproximou-se do pequeno microfone para ler os últimos versos do poema "Memória", de Carlos Drummond de Andrade. Era a senha.

"As coisas tangíveis
tornam-se insensíveis
à palma da mão.

Mas as coisas findas,
muito mais que lindas,
essas ficarão."

O "Leão" pigarreou e perguntou, em seguida:

– Como tem passado, dona Olga? A que devo a honra e a satisfação de mais este contato seu?

VOCÊ SABIA?

A senha que dona Olga utiliza para se conectar com o "Leão" é um trecho de um poema de Carlos Drummond de Andrade, um dos maiores poetas da nossa literatura. Nascido em Itabira, no estado de Minas Gerais, ele mudou-se para o Rio de Janeiro, radicando-se no bairro de Copacabana, o mesmo em que moram dona Olga e a turma. Após a sua morte, foi homenageado com uma estátua na orla marítima desse bairro.

– Tenho algumas dúvidas, meu caro "Leão". Estamos com problemas aqui.

– O furto da "Peça da Coroação". Estou inteiramente a par dessa lamentável situação.

– O Paulo Roberto Pereira, dono da moeda, não quis prestar queixa do roubo à polícia. Mesmo a moeda valendo uma fortuna.

– Muito suspeito... – comentou o "Leão".

– Estivemos, eu e as crianças, no prédio onde o Paulo Roberto mora, para oferecer ajuda e apoio. Ele nos expulsou de lá de uma maneira violenta e, ao mesmo tempo, apavorada. Ele tinha uma arma, e pensei que iria atirar em nós.

– Uma reação bastante estranha da parte dele... – disse o "Leão". – Numa circunstância normal, ele aceitaria o auxílio oferecido por vocês.

– Por que será que ele está agindo assim?

– Excelente indagação – disse o "Leão", fazendo uma pausa. – Se o senhor Paulo Roberto estivesse necessitando de dinheiro, bastaria ele colocar a moeda à venda. Colecionadores do mundo inteiro pagariam fortunas por ela. E a moeda não possuía nenhum seguro. Eu e a senhora, inclusive, já averiguamos isso.

– Desde que a moeda foi roubada, eu procurei investigar com alguma cautela, mas, pelo visto, vou ter que ser mais incisiva. Um bom primeiro passo seria descobrir quem eram as pessoas presentes na exposição no momento do roubo. O que o senhor acha?

– Uma ideia bastante sensata. Se quer uma dica, comece descobrindo o nome de todos os vigilantes que trabalharam na exposição. Um deles, certamente, é cúmplice do furto. Se ele não furtou a moeda diretamente, ao menos deu cobertura ao ladrão. Descobrindo quem é o ladrão, a senhora saberá por que o famigerado senhor Paulo Roberto Pereira encontra-se tão desesperado com a possibilidade de o furto ser esclarecido.

– Farei isso, “Leão”. Obrigada por tudo.

– Não há de quê, dona Olga. Passar bem.

Dona Olga desligou o computador. Ela ficou refletindo sobre o que o “Leão” dissera. Ele tinha razão. Um dos vigilantes devia mesmo estar mancomunado com o ladrão. Mas quem seria ele?

Dona Olga pensou imediatamente em Dênis, mas logo afastou a ideia, pois era uma opção óbvia demais. E, além do mais, Dênis estava tentando acalmar a descontrolada Lidiana no momento que ela e a turma entravam na exposição. Ele não podia discutir e participar do roubo da moeda ao mesmo tempo. Dona Olga teria de averiguar isso melhor.

Ela ouviu um vozerio no térreo. As crianças pareciam conversar acaloradamente. Saiu do quarto e desceu a escada. Ao ver Júlia, André e Rachid, perguntou de imediato:

– Vocês querem tomar um suco de caju? Vou até a cozinha pegar...

– Aceitamos sim, dona Olga – respondeu Rachid por todos, passando a mão sobre o *kefié* enxadrezado. – Obrigado.

Dona Olga afastou-se até a cozinha, e Júlia virou-se para André, retomando o que estava falando antes de a avó aparecer:

– Eu só quero saber de uma coisa – ela disse, passando os dedos freneticamente nos cabelos. – O que a dona Vera estava fazendo naquele quiosque de flores a meio quarteirão do prédio da Lidiana?

– Você não viu? – respondeu André. – Comprando flores.

– Não banque o tonto, André – ralhou Júlia. – A dona Vera mora em Ipanema, que é um bairro cheio de floriculturas e quiosques de flores. Por que ela estava justamente naquele que fica quase ao lado do prédio da Lidiana?

– Eu concordo com a Júlia – disse Rachid. – Também achei muita coincidência ela estar lá naquela hora.

– Vocês estão achando o quê? Que ela e a Lidiana são cúmplices?

Rachid deixou-se afundar na poltrona e deu um suspiro:

– Eu não duvido de mais nada.

Dona Olga apareceu na sala carregando uma bandeja com uma jarra cheia de suco de caju e quatro copos. Ela havia ouvido, da cozinha, toda a conversa dos três e serviu o suco antes de comentar as suas desconfianças em relação à dona Vera:

– Numa cidade enorme como o Rio de Janeiro é, no mínimo, uma coincidência incrível encontrar a dona Vera num quiosque a poucos metros do prédio da Lidiana... Isso somado ao fato de que o dono da moeda roubada está evitando ao máximo que o crime seja investigado torna esse caso um verdadeiro labirinto.

– E aqueles homens que correram atrás da gente? – perguntou André.

– Eles sabiam muito bem quem nós éramos. Certamente, a Lidiana nos avistou do apartamento dela e entrou em contato com alguém que já tinha nos visto depois que começamos a investigar. Alguém que não quer que o caso seja esclarecido.

– Quem seria essa pessoa? – indagou Rachid.

– Só pode ser o Paulo Roberto Pereira. Está na cara que ele e Lidiana estão juntos nessa. Eu já desconfiava e agora tenho certeza.

Júlia, André e Rachid se entreolharam.

– Vamos ver se entendemos o seu raciocínio, vovó – falou Júlia. – A Lidiana armou aquele escândalo no Paço Imperial que a gente presenciou para atrair a atenção de todo mundo enquanto a moeda era roubada sem testemunhas. Tudo combinado com o Paulo Roberto. É isso que você acha que aconteceu?

– Exatamente.

Botafogo
22

– Mas o Paulo Roberto é o dono da moeda. Por que ele roubaria a própria moeda? Não faz sentido.

– É esse o mistério que precisamos desvendar. A hipótese de o Paulo Roberto estar envolvido no roubo contraria qualquer lógica. Mas não há dúvida de que ele está escondendo alguma coisa.

– Não vai ser fácil descobrir o que é – opinou Rachid.

– Não vai ser tão difícil, Rachid. Conversei agora há pouco com o "Leão" e ele me deu uma dica muito boa. Ele disse que o ladrão deve ter agido com a ajuda de um cúmplice dentro da equipe de segurança da exposição. Um dos vigilantes. Eu pensei um pouco e concluí que o "Leão" está certo. Pois o escândalo armado por Lidiana pode ter atraído a atenção de todos os frequentadores da exposição, mas não da segurança. A sala onde estava exposta uma moeda tão valiosa jamais ficaria desguarnecida. Não resta dúvida de que havia um guarda lá dentro no momento do roubo, que deu cobertura para o ladrão. Temos que descobrir quem é ele.

– E como faremos isso?

– Amanhã voltaremos ao Paço Imperial. Eu já sei o que fazer para conseguir que a dona Vera nos dê os nomes de todos os vigilantes que trabalharam na exposição no dia do roubo da moeda.

8

UM SUSPEITO NA LISTA

Amanheceu um sábado nublado, com jeito de que iria chover. Mas, felizmente, não choveu. Eram quatro e meia da tarde quando dona Olga, Júlia, André e Rachid entraram no Paço Imperial pela terceira vez naquela semana. Mas, agora, dona Olga parecia mais resoluta, como se soubesse muito bem o que pretendia encontrar lá dentro.

Júlia comentou com a avó:

– Eu não consegui engolir a desculpa que a dona Vera deu para estar ontem naquele quiosque de flores. Para mim, ela estava se preparando para ir à casa da Lidiana e foi forçada a desistir quando nós aparecemos no quiosque.

– Ou seja: na sua opinião, nós atrapalhamos o plano dela – disse dona Olga. – E o que me diz das flores que ela estava comprando?

Foi André que respondeu, sacudindo os ombros:

– Vai ver, ela ia levar as flores para a Lidiana...

– Como agradecimento por ter criado um escândalo bem no meio da exposição? – riu Júlia. – Ah, conta outra, André.

– Alguma coisa ela estava fazendo lá – interveio Rachid. – Essa mulher não parece confiável. É a minha voz interior que está me avisando.

– Pois peça para a sua voz interior ficar calada, pelo menos enquanto nós estivermos aqui no Paço – aconselhou dona Olga, tocando o ombro de Rachid. – Nós precisamos falar com a dona Vera mais uma vez e quanto menos ela suspeitar de que estamos desconfiados dela, melhor. Entenderam?

Eles pediram informação a uma funcionária do Paço, que orientava visitantes no pátio interno. Ela disse que Vera Falcão estivera circulando pela exposição praticamente o dia inteiro e que a vira passar pelo pátio em direção às lojas localizadas na ala posterior do Paço.

Dona Olga agradeceu e eles foram até lá. As lojas ficavam lado a lado e não tinham divisões entre si. Avistaram Vera na última delas. Era uma livraria. Ela estava com um livro na mão e analisava, compenetrada, outros exemplares expostos, aparentemente ainda escolhendo um segundo.

– Como vai, dona Vera? – saudou dona Olga, aproximando-se dela.

Vera olhou para eles com um misto de espanto e surpresa:

– Vocês aqui de novo? O que aconteceu desta vez?

André observou os livros que Vera carregava. Eram de Georges Simenon. Curioso, André pensou em perguntar à dona Vera quem era Georges Simenon, mas se conteve, com medo de que ela o chamasse, de novo, de "chuchuzinho", ainda mais porque Rachid estava por perto e a gozação seria inevitável. Então, André conversou com um dos vendedores da loja e descobriu que Georges Simenon era um famoso escritor belga de romances policiais. Ele adorava livros policiais e decidiu que procuraria por um livro desse escritor na biblioteca da escola, assim que aquele caso estivesse resolvido.

Dona Olga contou a Vera a história que havia inventado na noite anterior:

– Preciso de um favor seu, dona Vera. A senhora acredita que, no dia em que viemos à exposição, eu perdi minha carteira de documentos aqui?

Vera arregalou os olhos:

– É mesmo?

– Pois é. A senhora imagina a agonia que senti. Mas, felizmente, durou pouco, pois um dos vigilantes que trabalham aqui a encontrou e a entregou intacta à administração do Paço. Recuperei-a há pouco. Fiquei muito comovida. É bom saber que ainda existem pessoas honestas neste mundo tão brutal em que vivemos. E, além do mais, a boa vontade desse vigilante me poupou o transtorno de obter novas vias de todos aqueles documentos, o que daria um trabalho monstruoso.

– Fico aliviada em saber disso. Mas em que posso ajudá-la?

– Gostaria de dar uma pequena recompensa a esse rapaz. A senhora, por um acaso, teria a relação de todos os vigilantes que trabalharam na exposição na terça-feira, quando estivemos aqui?

Rachid sussurrou disfarçadamente a André:

– Uma coisa nós temos que admitir: sua avó sabe como pregar uma mentira.

André riu baixinho.

– Mas é por uma boa causa, Rachid – ele disse. – Não se esqueça disso.

Júlia afastou-se para ajeitar o cabelo no reflexo da porta de vidro da entrada da livraria e juntou-se novamente ao grupo, no momento em que Vera perguntava:

– Por que a senhora não procura o pessoal da administração do Paço? Eles têm mais condições de dar essa lista do que eu.

– É que eu fico meio sem graça, dona Vera. Não conheço ninguém na administração e podem achar estranho o meu pedido.

– Se é assim, eu mesma posso me encarregar de falar com os vigilantes e perguntar qual deles achou a sua carteira.

– Não... Prefiro falar eu mesma. E discretamente. A senhora sabe como são as pessoas... Se os outros vigilantes souberem que eu recompensei um, podem ficar enciumados e isso é capaz de criar um mal-estar entre eles.

Vera Falcão deu de ombros:

– Já que a senhora prefere cuidar de tudo pessoalmente, que assim seja. Venham comigo até a administração. Vou ver o que posso fazer.

Vera pagou os dois livros e eles deixaram a livraria, subindo até o último andar do Paço, onde ficava o setor administrativo. Dona Olga e a turma sentaram-se num conjunto de cadeiras enquanto Vera sumia por uma porta. Eles esperaram uns cinco minutos até ela surgir de volta, apressada, trazendo uma pasta de papelão. Vera abriu-a e retirou três folhas de papel grampeadas.

– Aqui está. A relação dos nossos vigilantes. A senhora pode examiná-la com calma.

Dona Olga apanhou os papéis e passou os olhos neles. Procurou, imediatamente, pelo nome de Dênis, o vigilante que se desentendera com Lidiana. O nome completo dele, Dênis Lima, estranhamente, era o último da listagem, embora ela estivesse em ordem alfabética. Dona Olga perguntou o motivo.

– Esqueci-me de explicar – respondeu Vera. – É que os três últimos vigilantes que aparecem nessa relação foram contratados em caráter temporário, especialmente para a exposição numismática.

– É mesmo? E o Dênis Lima é um deles?

– Precisamente – confirmou Vera.

Dona Olga, Rachid e André entreolharam-se, intrigados. Júlia, totalmente ausente da conversa, concentrava-se em limpar, com um lencinho de papel, as lentes dos seus óculos, que estavam embaçadas.

– Quer dizer, então, que quando a exposição acabar, esses três vigilantes serão dispensados? – indagou André.

– Sim. Poderemos contratá-los novamente, para uma próxima exposição. Depois da EXPONUMIS, teremos aqui uma mostra de pintores espanhóis.

Dona Olga voltou a ler os papéis. Seguindo a sua intuição, adquirida em anos de trabalho na Interpol, ela se esqueceu dos demais vigilantes e dirigiu toda a sua atenção aos três temporários.

Recapitulou os fatos. Se a confusão armada com Lidiana naquele dia teve mesmo como objetivo atrair a atenção de todo mundo na exposição e, assim, permitir que o ladrão da moeda agisse com tranquilidade e sem testemunhas, Dênis não poderia ser o cúmplice, pois estava ocupado discutindo com ela. Logo, ele estava riscado da lista de suspeitos.

Restavam, portanto, os outros dois. O primeiro chamava-se Lino da Silva Júnior. Tinha 36 anos e morava em São Cristóvão. O segundo era Osmar Ferreira, de 38 anos e morador de Santa Teresa. Ambos haviam sido cedidos por uma firma de segurança particular.

Procure pelo número 5 no mapa da página 108 e veja onde mora Lino da Silva Júnior.

Procure pelo número 6 no mapa da página 108 e veja onde mora Osmar Ferreira.

Dona Olga perguntou a Vera, apontando para os dois nomes impressos na última folha:

– O que a senhora tem a me dizer sobre esses dois vigilantes?

Vera segurou a folha e leu os nomes com atenção.

– Pela experiência que tivemos aqui, parecem bons profissionais. São educados, solícitos com os frequentadores da mostra e vieram com ótimas referências. Não tenho do que me queixar da conduta deles. É claro que as pessoas não são de ferro e, às vezes, acontece um imprevisto que foge ao controle de todos...

Rachid ergueu as sobrancelhas:

– Quer dizer que aconteceu um imprevisto com eles aqui? Que tipo de imprevisto?

– Nada de mais. Um deles teve um princípio de pneumonia e ficou quatro dias sem vir ao trabalho. Ele trouxe um atestado médico para provar – Vera retirou um papel dobrado da pasta que carregava. – Aqui está ele.

Dona Olga esquadrinhou o atestado. Estava assinado pelo dr. Antero Rocha Azevedo, um médico conhecido, cujo consultório ficava na elegante rua Garcia D'Ávila, em Ipanema. Ele era famoso por cobrar caro pelas consultas.

– É como eu disse: as pessoas não são de ferro – complementou Vera. – Elas podem ficar doentes e isso acontece de vez em quando aqui. Não foi nenhuma novidade.

– Qual deles ficou doente? – insistiu Rachid.

– O Osmar Ferreira. Ele adoeceu no fim de semana e só voltou a trabalhar na quinta.

– Ou seja, no dia do roubo ele não estava aqui?

– Não. Não estava.

Dona Olga sentiu um arrepio. Aquele arrepio de ânimo e perplexidade que aparece quando a solução para um enigma parece mais próxima e clara.

– Então, já eliminamos um nome – ela disse, devolvendo a listagem e o atestado para Vera. – Se Osmar Ferreira não estava aqui na terça-feira, ele não deve ter encontrado a carteira. Restam os outros. Está vendo como foi bom consultar esta lista primeiro?

– A senhora deseja falar com os guardas agora? – indagou Vera. – Posso acompanhá-la, se quiser...

Dona Olga meditou rapidamente e respondeu:

– Não. Já são mais de cinco da tarde, quase na hora do fim do expediente aqui. É melhor eu voltar outro dia e conversar com os rapazes com calma.

Ela fez uma rápida pausa e, então, perguntou:

– Será que podemos visitar a exposição mais uma vez? Na terça-feira, por causa do roubo, não tivemos como ver tudo...

Vera espiou o relógio e fez que sim.

– Daqui a pouco vamos fechar, mas creio que ainda dá tempo, se vocês se apressarem.

Eles se despediram de Vera Falcão e saíram do setor administrativo, descendo um lance de escada até o local da exposição numismática. Atravessaram o primeiro salão, passaram pela Sala 13 de Maio – onde estivera a moeda furtada – e adentraram um terceiro salão, onde eles não haviam estado no primeiro dia em que vieram à mostra. Havia muitas moedas expostas, a maioria dos séculos XVII, XVIII e XIX.

Dona Olga caminhava na frente e parou de repente. Fez um gesto com o indicador na direção de dois homens que estavam de pé, lado a lado, encostados numa parede.

– Lá estão eles. O da direita é o Osmar e o da esquerda, o Lino.

– Como é que você sabe, vovó? – indagou Júlia.

– Pelos crachás que eles estão usando. Há o nome deles escrito.

Júlia, André e Rachid comprimiram os olhos para observá-los. Lino era moreno, ligeiramente acima do peso, tinha cabelos crespos e usava bigode. Já Osmar era mais magro, calvo, tinha o rosto liso e a pele clara.

– A que horas eles deixam o serviço? – perguntou André.

– Com certeza, depois das seis da tarde, quando o Paço fecha – disse dona Olga.

SERÁ QUE VOCÊ SABE?

A Sala 13 de Maio, no Paço Imperial, de onde a moeda foi roubada, tem esse nome em homenagem ao dia 13 de maio de 1888, quando a princesa Isabel assinou a Lei Áurea. O que significou a assinatura da Lei Áurea?

Júlia olhou seu relógio. Faltavam quarenta minutos para as seis.

– Está pensando em investigar o Lino? – indagou ela.

– Por que o Lino?

– A dona Vera não disse que o Osmar esteve doente essa semana e que não veio trabalhar? Se ele não estava aqui no dia, não pode ter participado do roubo.

– Pois eu penso diferente – sorriu dona Olga. – A coisa mais estranha nas explicações da dona Vera foi justamente a doença desse vigilante. Ele adoeceu justamente dois dias antes do roubo e voltou ao trabalho dois dias depois. Não é meio suspeito?

– Dona Olga tem razão, pessoal – falou Rachid. – Tudo parece muito claro. Osmar fingiu adoecer, mas esteve aqui no dia do roubo. Devia estar usando o seu uniforme de vigilante e, com certeza, saiu logo depois. Se alguém o acusasse, ele teria um ótimo álibi: estava em casa, com um começo de pneumonia e com um atestado médico para comprovar.

Os olhos de Júlia, subitamente, brilharam e ela disse com uma expressão vitoriosa:

– É mesmo estranho. Isso pode indicar que Osmar Ferreira talvez seja a chave de todo o enigma. E acho que acabei de bolar um plano infalível para desmascará-lo.

Mas dona Olga tinha uma razão a mais para desconfiar de Osmar. Havia um detalhe naquela história toda que o tornava muito suspeito.

SERÁ QUE VOCÊ SABE?

Qual foi o detalhe sobre a doença e a consulta médica de Osmar que deixou dona Olga tão desconfiada?

Osmar foi atendido por um médico famoso e caro, que um vigilante como ele não poderia pagar.

9

O PLANO DE JÚLIA E AS DUAS REVELAÇÕES DO FIM DA NOITE

O plano infalível de Júlia consistia em seguir Osmar Ferreira até a sua casa. Uma vez sabendo o endereço dele, eles conseguiriam, com facilidade, o seu número de telefone. Daí Júlia ou dona Olga (a que estivesse mais inspirada no momento) ligaria para ele fazendo-se passar por Lidiana. Ela diria coisas inquietantes do tipo: "Está tudo perdido! Nosso plano foi descoberto!" ou "A polícia vai recuperar a moeda e seremos denunciados e presos!". Tudo para deixar Osmar apavorado o suficiente para marcar um encontro, no qual seria forçado a entregar todo o esquema do roubo.

Quando o relógio bateu seis e vinte, Osmar, já sem o seu uniforme de vigilante, despediu-se dos colegas com um aceno de mão e saiu do Paço Imperial por uma das portas laterais. Dona Olga, Júlia, André e Rachid, que permaneciam no pátio interno fingindo conversar amenidades, foram disfarçadamente atrás dele.

Osmar embrenhou-se pelas calçadas das amplas avenidas do centro, repletas de prédios, árvores e muitas lojas, fechadas naquele início de noite de sábado. O movimento de veículos e pedestres, em geral intenso num dia normal de trabalho, era pequeno.

Dona Olga e a turma atravessaram a larga e opulenta avenida Rio Branco, uma das mais importantes da cidade. Osmar caminhava apenas uns poucos metros à frente e eles rezavam para que o vigilante não resolvesse, de repente, olhar para os lados. A cada meio minuto, Rachid virava o rosto para trás, ressabiado, até que tomou coragem para falar com os outros:

– Não é por nada não, mas acho que estamos sendo seguidos.

Júlia mirou-o espantada:

– Seguidos? De onde você tirou essa ideia? Não tem ninguém andando atrás da gente.

– Pode parecer maluquice minha, mas eu estou com essa sensação. E é uma sensação muito concreta.

– Pare com isso, Rachid – ralhou André. – Quem está sendo seguido é o Osmar. Ele é que deveria estar com essa sensação e não você.

Rachid resolveu deixar o assunto de lado. Não adiantava argumentar com quem não queria ouvir. Ele endireitou seu *kefié* e fechou a boca.

Eles cruzaram o amplo largo da Carioca, cercado por altos edifícios envidraçados e por um belo convento barroco construído numa elevação – o Convento de Santo Antônio –, e caminharam até a estação dos bondes que ligavam o centro ao bairro de Santa Teresa.

Santa Teresa era um bairro antigo, erguido no alto de um outeiro. Suas ruas sinuosas eram ladeadas por belas casas e sobrados, que conservavam a atmosfera do Rio de Janeiro de antigamente.

Eles pagaram a passagem e cruzaram a roleta. Osmar sentou-se num dos primeiros bancos do bonde. Dona Olga, Júlia, André e Rachid acomodaram-se, estrategicamente, um pouco mais atrás.

Minutos depois, o bonde começou a andar. Deixou a estação e prosseguiu, sacolejante, por sobre os Arcos da Lapa, entrando, em seguida, no labirinto pitoresco de ruas e ladeiras de Santa Teresa. Era a primeira vez que os três jovens andavam de bonde e estavam excitadíssimos com a experiência. Não estivessem eles no meio de uma investigação, aquele seria um belo passeio turístico dentro da própria cidade.

Eles se mantinham atentos para o momento em que Osmar fosse saltar, mas o bonde continuava andando e nada de ele fazer menção de se levantar. André comentou casualmente com Rachid:

– Esse Osmar mora meio longe, hein?!

Eles perceberam, então, que Rachid não parava de olhar para trás. Foram tantas vezes, que Júlia não se conteve e perguntou:

– O que está acontecendo com você, Rachid? Está com torcicolo?

– Estamos sendo seguidos. Mas vocês não querem acreditar.

Júlia arriscou uma espiadela de leve.

– Você se refere a esse carro que vem vindo aí atrás? – ela perguntou.

– É. Ele já poderia ter ultrapassado o bonde, mas prefere seguir atrás dele. Por que será?

Júlia sentiu um arrepio:

– Você está me deixando com medo.

André intrometeu-se na conversa:

– Do que vocês estão falando?

– Desse carro que vem aí atrás do bonde – disse Júlia. – Rachid acha que ele está seguindo a gente.

André olhou, disfarçadamente, para o carro e sentiu um calafrio:

– Bem, nós conhecemos, pelo menos, três pessoas que teriam razões de sobra para nos espionar: a dona Vera, a Lidiana e o Paulo Roberto.

– A dona Vera não é – rebateu Rachid. – Ela não dirige, já esqueceu?

– Então, restam a Lidiana e o Paulo Roberto – concluiu Júlia. – Talvez tenham descoberto que estamos atrás do Osmar, que deve ser cúmplice deles. E vieram aqui para nos intimidar. Assim como no dia em que estivemos no prédio da Lidiana, quando eles mandaram aqueles homens correr atrás da gente.

– Mas nós não vamos nos entregar! – bradou Rachid, com dedo em riste. – Vamos resistir até o fim! Até que a verdade e a justiça triunfem sobre os escroques e foras da lei!

Júlia e André se entreolharam admirados e só não bateram palmas porque a ocasião não era adequada.

O bonde continuava a avançar sobre os trilhos e nada de Osmar se mexer. Dona Olga e a turma já estavam ficando impacientes, até que ele finalmente se levantou. O bonde parou e ele saltou.

– Agora é a nossa vez. Vamos descer discretamente para o Osmar não desconfiar, está bem? – disse dona Olga.

Eles viram Osmar se aproximar de uma casa grande, erguida num nível mais alto do que a rua. Ela tinha a fachada antiga e imponente e era rodeada por um muro recoberto por hera verdíssima. Decerto, era a mansão de algum milionário. Osmar tocou a campainha, falou ao interfone e a porta se abriu. Ele entrou e fechou-a em seguida.

– Será que ele mora nessa mansão? – perguntou André. – Para ser dono de uma casa como essa, é preciso ser muito rico, né não?

– Será que ele é rico e está se passando por vigilante? – indagou Júlia. – Só para se infiltrar no Paço Imperial? E passar a mão na moeda?

– Isso é o que nós vamos descobrir – disse dona Olga. – Venham comigo.

Os quatro atravessaram a rua, em direção à mansão. Pressionaram a campainha e uma voz de homem surgiu ao interfone:

– Pois não?

– Queremos falar com o senhor Osmar Ferreira.

– Ele não pode atender agora.

Júlia, então, percebeu que havia uma câmera de vídeo bem acima da porta, voltada exatamente na direção deles.

– Ele é o dono desta casa? – perguntou dona Olga.

– Por que quer saber?

– Porque precisamos falar com ele. É importante.

O homem parecia calmo. Dona Olga achou que já ouvira sua voz antes.

– Lamento, mas ele não pode atender. Agora, se me dão licença, vou desligar. Não me levem a mal, mas se eu fosse vocês esqueceria os motivos que os trouxeram até aqui. Vai ser melhor para todo mundo.

Dona Olga olhou para Júlia, André e Rachid, perplexa:

– Que motivos? – insistiu ela. – Seja mais claro, por favor... Como o senhor sabe dos motivos que nos trouxeram aqui?

Mas, a essa altura, o homem já tinha desligado o interfone. Somente a câmera de vídeo permanecia no mesmo lugar, pairando ameaçadoramente sobre eles, registrando cada movimento que faziam.

Procure a linha mais clara no mapa da página 108 e veja o trajeto que dona Olga, Júlia, André e Rachid fizeram do Paço Imperial até a mansão de Santa Teresa.

Dona Olga saiu do campo de visão da câmera e tomou nota do número da casa: rua Almirante Alexandrino, 2.175. O silêncio, agora, era absoluto ali. Não passava nenhum veículo, e a única companhia parecia ser o vento frio que soprava e fazia sacudir a copa das árvores. Eles começaram a se afastar lentamente pela rua escura à procura de um ponto de ônibus ou de táxi, quando Rachid avistou o carro que viera atrás do bonde. Ele estava parado sobre a calçada, onde a rua fazia uma curva acentuada e margeava um penhasco.

Ele cutucou Júlia e André e sussurrou-lhes:

– Lá está ele. O carro que nos seguiu.

– Tem certeza de que é o mesmo? – perguntou Júlia, assustada.

– É claro que tenho – rosnou Rachid. – Sou cego, por acaso?

Dona Olga tomou a dianteira:

– Vamos até lá. Se ele estiver mesmo nos seguindo, nós vamos descobrir agora!

Eles apertaram o passo. O carro, aparentemente adormecido, pareceu despertar. O motor foi ligado e os faróis se acenderam. Júlia, André e Rachid colocaram-se na frente dele, impedindo-o de ir adiante. O carro tentou dar marcha a ré, mas justamente naquele momento um micro-ônibus subia a rua e bloqueou a sua passagem. Dona Olga lançou-se sobre a porta dianteira, batendo no vidro:

– Quem é você? Abra esta porta imediatamente!

Rachid mantinha-se de pé na frente, e André havia corrido para trás do carro. Júlia apanhou um galho que havia se desprendido de uma árvore e começou a socar o para-brisa com ele. O chofer do ônibus que acabara de passar, percebendo algo anormal ali, resolveu dar marcha a ré e parou o veículo, que estava vazio, um pouco adiante do carro. Ele desceu e correu na direção de dona Olga:

– O que está havendo?

– Tem um bandido dentro deste carro. Ajude-nos a apanhá-lo.

– Tenho um celular comigo. Quer que chame a polícia?

– Faça isso, por favor.

Nesse momento, a porta do carro foi destravada e se abriu.

– Polícia, não – implorou uma voz trêmula. – Por favor, a polícia não.

Era uma voz feminina. Qual não foi a surpresa da turma ao ver Vera Falcão sair cambaleante do carro, com as mãos na cabeça.

– Eu posso explicar. Eu juro que posso explicar tudo. Mas não chamem a polícia. Tudo o que eu menos quero é um escândalo.

* * *

Pouco depois, eles se sentaram num pequeno restaurante instalado dentro de um sobrado, que ficava numa pequena praça de Santa Teresa. Vera, então, abriu o jogo com dona Olga e a turma:

– Sou a responsável por essa edição da EXPONUMIS. Eu não podia permitir que um roubo como esse da "Peça da Coroação" acabasse impune; mesmo depois de o dono da moeda preferir deixar a polícia fora do caso. Estou desesperada. Os repórteres estão caindo sobre mim como abutres. Os jornais vêm dando uma enorme repercussão ao caso. Meu prestígio profissional pode ir à ruína. Eu não tinha a quem recorrer. Foi aí que vocês apareceram lá no Paço Imperial. Percebi logo que estavam interessados em esclarecer o roubo e, o que era melhor, pareciam saber muito bem que pistas seguir. Vocês percebiam coisas no caso que eu jamais perceberia. Não pensei duas vezes e resolvi ir atrás de vocês. Eu acreditava que vocês chegariam mais depressa à solução do roubo e pensei que, seguindo os seus passos, eu chegaria também.

– Quando a senhora começou a fazer isso? – Júlia perguntou.

– Para ser exata, ontem.

– Foi quando tentamos falar com a Lidiana no prédio onde ela mora?

– Isso mesmo.

– A senhora sabia que iríamos lá?

– Eu segui vocês.

– Então, aquele encontro no quiosque de flores não foi coincidência? – indagou Rachid.

– Não. Não foi. Comecei a desconfiar que Lidiana poderia estar envolvida no roubo depois daquela primeira conversa que eu e vocês tivemos no bistrô do Paço. Eu tinha conversado com a Lidiana depois da discussão entre ela e o vigilante Dênis. Achei que não seria má ideia fazer uma visita a ela e aproveitar para pressioná-la a me revelar toda a verdade. Resolvi levar flores para dar a impressão de que eu estava indo lá para me desculpar pessoalmente pelo mal-entendido com o vigilante.

– Foi aí que nós aparecemos no quiosque de flores e estragamos o seu plano... – deduziu André.

– Exatamente.

– Por isso, a senhora mentiu para nós dizendo que não dirigia e que tinha ido para lá de táxi...?

– Meu carro estava parado em frente ao prédio da Lidiana. Se eu dissesse que tinha ido de carro, vocês desconfiariam que a minha presença ali tinha a ver com ela. Por isso, menti. Deixei vocês em casa e voltei para o prédio da Lidiana. Tentei falar com ela, mas ela não me atendeu.

Vera parecia arrependida do que fizera. Dona Olga concluiu que era melhor encerrar aquele assunto. Não sabia se descobriria o ladrão da moeda e não queria que Vera tivesse esperanças de que eles poderiam solucionar o caso para ela. Por isso, resolveu mentir.

– Nós entendemos a sua situação, dona Vera, e não a culpamos por ter nos seguido – disse dona Olga, tocando o braço de Vera carinhosamente. – De qualquer forma, quero dizer que eu e as crianças estamos desistindo da investigação a partir deste momento.

Ela foi interrompida por Júlia, que, muito inconveniente, levantou a voz para perguntar, indignada:

– Desistindo da investigação, vovó? Mas justo agora...

– Isso mesmo, Júlia – dona Olga deu uma piscadela marota para a neta e os dois garotos, e eles entenderam imediatamente porque ela estava fazendo aquilo. – Sabe, dona Vera, eu não quero mais envolver os meus netos e o meu jovem vizinho num caso complicado como este, que pode trazer riscos para todos. E, além do mais, se o próprio dono da moeda preferiu não prestar queixa à polícia, por que justo nós, que não temos nada a ver com isso, vamos nos meter?

– Que pena, dona Olga. Logo agora que vocês estavam indo tão bem...

– Não estávamos não, dona Vera – disfarçou Rachid. – É impressão sua.

– Pensei que vocês tivessem descoberto alguma coisa importante agora à noite.

– Não descobrimos nada – desconversou dona Olga. – Foi também por isso que decidimos abandonar tudo.

Vera soltou um suspiro melancólico:

– Eu lamento muito. Vou ver se descubro eu mesma quem roubou a moeda. Se Paulo Roberto Pereira não deu queixa à polícia, talvez eu, como curadora da EXPONUMIS, possa fazer isso.

– É um direito seu – disse dona Olga. – Mas se eu fosse a senhora, não faria isso. Daqui a poucos dias os jornais já terão se esquecido do que aconteceu. E, com toda a certeza, a sua reputação como curadora de exposições não sairá prejudicada.

Vera pensou um pouco e acabou concordando:

– A senhora tem razão. É melhor mesmo deixar o caso para lá. Querer investigar talvez só dê trabalho, sem grandes resultados.

– E poderá lhe trazer muitas dores de cabeça. Pense nisso.

Depois de se despedirem de Vera Falcão, dona Olga e a turma tomaram logo um táxi e voltaram para Copacabana. Rachid foi para a casa dele, onde Mustafá o aguardava para a aula de árabe.

Dona Olga, por sua vez, apanhou as cartas que haviam chegado na caixa de correspondência e subiu logo para o seu quarto. Longe de querer abandonar a investigação, que se aproximava do fim, ela abriu o computador portátil e conectou-se a uma lista eletrônica de endereços e telefones do banco de dados da Interpol. Digitou o endereço: *rua Almirante Alexandrino, 2.175 – Rio de Janeiro*, e aguardou a resposta.

Somente então ela conferiu a correspondência. Uma delas vinha num envelope comum, sem carimbo postal. Com certeza, fora colocado na sua caixa de correspondência por um mensageiro de confiança, como todas as cartas secretas do "Leão", que nunca eram mandadas pelo correio. Dona Olga abriu o envelope e começou a passar os olhos nos papéis que estavam dentro, quando o computador emitiu um apito. Havia concluído a busca pela lista de telefones e endereços e enviado a resposta:

Armando Imbassaí
Rua Almirante Alexandrino, 2.175
Santa Teresa – Rio de Janeiro

Dona Olga ficou pálida como cera. Armando Imbassaí era o Visconde de Imbassaí. Aquele homem fino e elegante que ela e a turma encontraram no dia em que estiveram na exposição no Paço. Então, era o visconde que morava naquela mansão? Mas o que Osmar Ferreira fora fazer lá? E o que o visconde poderia ter a ver com o sumiço da moeda?

Parte da resposta surgiu minutos depois, quando dona Olga acabou de ler a carta do "Leão". Lá estavam relacionados todos os empregos anteriores de Paulo Roberto Pereira. Na verdade, era um emprego só. Antes de ser contratado como gerente da boate, ele trabalhou durante doze anos como secretário particular de Honório Imbassaí, pai do visconde. Havia quinze anos ele se demitira, só indo trabalhar na boate quatro anos depois.

Para dona Olga era evidente o envolvimento do Visconde de Imbassaí no roubo da "Peça da Coroação". Inclusive ele estava no Paço Imperial no dia em que tudo aconteceu. Mas por que Paulo Roberto Pereira não o denunciara? Qual segredo terrível unia a vida deles a ponto de Paulo Roberto preferir se calar a ter a sua valiosa moeda de volta?

Dona Olga releu os papéis e percebeu que havia um detalhe muito estranho na biografia de Paulo Roberto. E isso não lhe saiu da cabeça durante toda a noite.

SERÁ QUE VOCÊ SABE?

Vendo a ficha que descrevia as atividades exercidas por Paulo Roberto Pereira, dona Olga achou algo muito estranho na vida dele. De que se trata?

10

O PRESENTE DO IMPERADOR

Dona Olga estava firmemente disposta a entrar em contato, até o anoitecer, com o Visconde de Imbassaí para revelar a ele que descobrira tudo. Ela pensava exatamente nisso naquele meio de tarde de domingo, quando foi à padaria perto de casa, acompanhada de Júlia, André e Rachid, comprar coisas para o lanche.

Quando eles foram pagar as compras no caixa, Júlia olhou para fora e teve a impressão de ver um vulto observando-os da calçada oposta. Forçou a vista e, quando olhou novamente, já não viu mais ninguém.

Eles saíram da padaria carregando cada qual uma sacola. Atravessaram a larga rua Toneleros, que, por ser domingo, estava com o movimento de veículos reduzido, e entraram na pequena rua onde moravam. Enquanto caminhavam, Júlia olhava para todos os lados, preocupada. Ela tinha certeza de que alguém os estava espionando. Seria Vera novamente? Quem poderia ser?

De repente, um carro preto, comprido, com os vidros revestidos de película escura, dobrou a esquina logo depois e seguiu lentamente atrás deles. Júlia virou o rosto disfarçadamente para trás. Não era o carro de Vera. De quem seria, então?

Júlia apavorou-se. Percebeu no ato que era uma cilada, decerto planejada depois das descobertas feitas no dia anterior, em Santa Teresa.

Cutucou a avó de leve e murmurou:

– Temos companhia, vovó.

No momento em que dona Olga olhou para trás, o carro cantou os pneus sobre o asfalto e embicou exatamente na frente do portão da casa dela. Dona Olga ficou indignada e, enchendo-se de coragem, foi até o veículo tirar satisfações:

– Que história é essa de parar essa banheira bem na frente da minha casa? Quem é você?

O motor do carro foi desligado e a porta dianteira se abriu. Um homem magro, alto e de pele clara e corada apeou. Ele usava óculos escuros e vestia um bem-talhado terno cinza-escuro, sem gravata.

– Boa tarde, dona Olga! Boa tarde, garotada! – saudou ele, com cortesia. – Desculpe por ter assustado vocês.

Júlia, André, Rachid e dona Olga olharam-se perplexos. Era Osmar Ferreira, o vigilante do Paço Imperial que eles tinham seguido, no dia anterior, até a casa do Visconde de Imbassaí.

– Nós sabemos quem é você, Osmar Ferreira – disse Júlia, secamente.

Osmar baixou rapidamente a cabeça, em sinal de timidez, e ergueu-a de novo, perguntando:

– Será que dá para vocês virem comigo?

– Para onde? – indagou Rachid, com os olhos em alerta.

– Trabalho para o Visconde de Imbassaí. Ele quer falar com vocês. Podem ficar calmos. Ele só quer conversar sobre um mal-entendido que aconteceu nesta semana.

– Mal-entendido? – perguntou dona Olga, com sarcasmo. – Olha, se o visconde pensa que vai nos calar à força, ele está muito enganado...

– Eu juro que ele não quer nada disso. O senhor visconde é gente finíssima. Nunca fez mal a uma mosca.

– E como podemos saber que você está sendo sincero? – perguntou Rachid.

Osmar apenas respondeu:

– Vocês se meteram demais no caso do desaparecimento da moeda de ouro. O senhor visconde acha que vocês merecem uma explicação.

Osmar abriu a porta de trás do carro preto e fez um gesto amigável com a mão:

– Venham comigo, por favor. A conversa com o senhor visconde vai ser rápida. Eu trago vocês de volta depois.

Dona Olga fez um aceno afirmativo com a cabeça:

– Vou deixar estas sacolas na minha casa e venho já. Crianças, me aguardem aqui.

Júlia correu e segurou a avó pelo braço:

– Você enlouqueceu, vovó? Se formos até a casa do visconde, estaremos nas mãos dele. Seremos seus reféns...

– Deixe de exageros, Júlia. Se o visconde pretendesse nos eliminar, não precisaria se dar o trabalho de nos convidar para ir à casa dele. Esperem aqui que eu já volto.

Dona Olga não levou mais do que dois minutos para entrar em casa, guardar as compras na cozinha e retornar à calçada. Ela e a turma acomodaram-se, ressabiadíssimos, no carro preto, que arrancou suavemente em direção a Santa Teresa.

* * *

A casa do Visconde de Imbassaí era, na verdade, um imponente solar neoclássico do século XIX. Tinha dois andares e era rodeado por um jardim verde e florido. O carro preto estacionou em frente ao solar e dona Olga, Júlia, André e Rachid desceram.

Procure pelo número 6 no mapa da página 108 e veja onde fica a casa do Visconde de Imbassaí.

O Visconde de Imbassaí estava de pé na entrada da mansão. Vestia um paletó preto, calça cinza e um lenço vermelho no bolso esquerdo do paletó, combinando com a gravata. Era a própria imagem do aristocrata. Ele cumprimentou dona Olga e a turma com gentileza:

– Que bom que vocês atenderam ao meu convite e vieram.

– Esperamos que o que o senhor tem a nos dizer seja mesmo importante, senhor visconde – adiantou-se Júlia, fazendo um olhar de pouco caso.

– E é, minha jovem – ele disse e fez um gesto com a mão: – Vamos entrar.

Por dentro, o solar era ainda mais bonito do que por fora. Havia vários salões, com uma decoração antiga e luxuosa, que lembrava o interior de um palácio. Dona Olga gostou particularmente da escadaria de mármore. Havia uma passadeira azul-escura estendida sobre os degraus e era tão bem cuidada, que parecia que ninguém nunca havia pisado nela.

Conduzidos pelo visconde, eles entraram numa saleta que dava acesso ao salão de visitas. Bem no meio da saleta havia uma mesa redonda, larga e lustrosa. Eles levaram um susto ao verem a "Peça da Coroação" de 6.400 réis colocada inocentemente sobre ela, dentro de uma redoma de vidro. A turma olhou para a moeda, fascinada.

– Eu não imaginava que fosse ter o prazer de vê-los novamente depois daquele dia em que nos encontramos na entrada da exposição

– disse o visconde, abrindo um sorriso muito amigável. – Mas depois de tudo o que aconteceu nesta semana, eu me senti na obrigação de esclarecer algumas coisas para vocês.

Dona Olga apontou para a moeda de ouro sobre a mesa:

– Refere-se à "Peça da Coroação"?

O visconde fez que sim com a cabeça.

– Por que nos trouxe aqui?

– Porque eu sabia que vocês estavam investigando o desaparecimento da moeda. Eu vi, pela câmera de vigilância, quando vocês estiveram na porta daqui de casa ontem à noite. Fui eu que falei com a senhora pelo interfone, dona Olga. Me custou algumas horas, mas não foi difícil descobrir quem vocês são e onde moram.

– Como o senhor descobriu? – perguntou dona Olga.

– No livro de visitas da exposição, que a senhora assinou logo depois de mim. A senhora me disse que era descendente de Pedro Álvares Cabral, lembra-se? Então, eu voltei ao Paço Imperial hoje de manhã, pesquisei o livro de visitas e encontrei lá o seu nome, abaixo do meu: Olga Maria de Castro Álvares Cabral. Aí, foi só consultar a lista telefônica e descobrir o seu endereço.

– Muito engenhoso – disse dona Olga, surpreendida.

O visconde abriu um sorrisinho maroto e completou:

– Mas não foi só isso – ele fixou os olhos em Rachid. – Eu me lembrei de vocês também por causa desse menino que usa um pano de secar pratos na cabeça. Quando o vi pela câmera, me lembrei na mesma hora da tarde na exposição.

Júlia e André olharam para Rachid, fazendo um esforço imenso para não cair na risada. Rachid sentiu os miolos ferverem, mas se controlou e fez cara de indiferente. De que adiantaria, afinal, apertar o pescoço do visconde para convencê-lo de que aquela nobre peça do vestuário árabe que usava na cabeça não era um pano de prato?

Dona Olga perguntou:

– E por que o senhor se sente na obrigação de nos prestar esclarecimentos? Afinal, até ver a moeda nesta mesa, nós não possuíamos nenhuma prova de que o senhor a tinha roubado.

O visconde argumentou tranquilamente:

– Mas eu não roubei nenhuma moeda...

– Como não roubou? – os olhos de Júlia se escancararam por trás dos óculos. – A moeda está bem aqui na nossa frente.

– Eu não roubei nada. Apenas recuperei algo que me pertencia.

Fez-se um silêncio pesado na saleta.

– Como assim, senhor visconde? – indagou André.

– Esse exemplar da "Peça da Coroação" pertencia à minha família desde os tempos do Império. Foi um presente pessoal do imperador dom Pedro II ao primeiro Visconde de Imbassaí, meu antepassado. O visconde morreu em 1858 e a moeda foi passando de geração a geração até chegar ao meu pai, Honório Imbassaí.

– Estou entendendo aonde o senhor quer chegar – disse dona Olga. – Paulo Roberto Pereira trabalhou para o seu pai, como secretário particular...

– Paulo Roberto Pereira é um canalha. Ele roubou meu pai, dona Olga – o rosto do visconde se enrijeceu, demonstrando raiva. – O desgraçado trabalhou durante doze anos para papai aqui, dentro desta casa. Quando foi embora, roubou tudo o que pôde: dinheiro, joias, obras de arte e moedas antigas, como esta "Peça da Coroação". Meu pai estava muito doente nos seus últimos anos de vida, e o Paulo Roberto se aproveitou dessa situação para tirar dele o que pôde.

– E o senhor não fez nada para impedi-lo?

– Infelizmente, não. Eu confiava cegamente no Paulo Roberto. Ele se fazia passar por um bom homem e só depois que meu pai morreu é que eu dei pela falta de todas as coisas que tinham sido roubadas. Paulo Roberto havia acabado de se demitir e suspeitei dele na mesma hora. Registrei queixa na polícia, mas não consegui provar nada.

Todos ouviam o visconde com atenção. Ele continuou:

– Com o dinheiro obtido no roubo, o Paulo Roberto subiu na vida. Comprou um apartamento de frente para a Lagoa, um bom carro e, anos mais tarde, foi trabalhar numa boate. Pelo que investiguei, continuou a fazer suas malandragens e viveu com conforto durante um bom tempo. Gastando muito e vivendo como se fosse rico. Mas, como vocês

sabem, o dinheiro não dura para sempre, e o produto do roubo e dos outros golpes, depois de quinze anos, foi todo gasto. Só restou a "Peça da Coroação", que o Paulo Roberto guardou durante todo esse tempo.

– Por que ele não tinha vendido a moeda ainda? – indagou Rachid.

– Talvez porque não fizesse ideia de quanto ela vale. Há alguns meses, bem antes de a EXPONUMIS ser inaugurada, saiu na imprensa que um exemplar da "Peça da Coroação" parecido com este tinha sido vendido por 200 mil dólares. O Paulo Roberto deve ter lido essa reportagem e achado que a exposição seria uma boa maneira de exibir a moeda aos colecionadores ricos. E despertar o interesse de algum deles.

Dona Olga lembrara-se de também ter lido essa matéria e de ter comentado sobre ela com a turma no dia seguinte ao roubo.

– Algumas semanas depois da abertura da exposição, eu vi a moeda lá à mostra e procurei o Paulo Roberto. Disse que iria denunciá-lo à polícia por furto e que tinha como provar que a moeda era minha.

– Que provas o senhor tinha? – indagou Júlia.

– Em primeiro lugar, a queixa que eu registrei na polícia quinze anos atrás, citando todos os objetos roubados do meu pai, entre eles, a "Peça da Coroação". A segunda prova eram as declarações anuais de imposto de renda do meu pai, onde estavam listados todos os seus bens de valor, o que incluía a moeda. Eu disse tudo isso ao Paulo Roberto e o obriguei a me devolver a moeda. Caso contrário, eu o entregaria à polícia.

– Foi o Paulo Roberto, então, que roubou a moeda na exposição? – perguntou Rachid.

– Foi.

– Mas por que ele fez isso? – indagou Júlia. – A exposição estava na última semana. Era só esperar mais alguns dias e devolver a moeda ao senhor, sem precisar armar aquele alvoroço todo.

– Acontece, minha querida, que o Paulo Roberto não queria me devolver a moeda. Ele arquitetou o roubo para tentar me enganar. Para dizer que a moeda havia sido roubada por algum ladrão profissional e que, por causa disso, ele não poderia entregá-la a mim.

– Explique isso melhor, senhor visconde – pediu André.

– Paulo Roberto não queria se desfazer de uma peça de 200 mil dólares tão facilmente. Ao mesmo tempo, sentia-se pressionado por mim. Eu havia sido bem claro: caso ele não me devolvesse a moeda assim que a exposição acabasse, eu o entregaria à polícia. Então, o que ele fez? Armou um roubo. Um roubo durante a exposição, quando havia frequentadores que o testemunhassem. Se eu o pressionasse, ele poderia alegar o óbvio: a "Peça da Coroação" era o objeto mais valioso em exposição ali. Logo, seria o objeto mais cobiçado por qualquer ladrão. Dessa maneira, o Paulo Roberto continuaria de posse da moeda e, para mim, seria bem mais difícil provar para a polícia que ele a roubara do meu pai, mais de quinze anos antes.

O visconde levou-os até o salão de visitas, onde todos se sentaram em confortáveis poltronas. Um mordomo apareceu trazendo refrescos. André, que estava morrendo de sede, foi o primeiro a pegar um copo e bebeu num gole só, sem a menor cerimônia. Júlia lançou-lhe um olhar fulminante de reprovação, mas ele nem ligou.

– Só não entendi uma coisa, senhor visconde – disse dona Olga, recostando-se. – Como foi que o senhor soube que o Paulo Roberto estava planejando esse roubo?

– Quando descobri que a moeda estava na exposição, conversei com os vigilantes do Paço e lhes pedi que me comunicassem qualquer coisa anormal que presenciassem lá. Pouco depois, o Paulo Roberto procurou o Osmar, o vigilante que vocês seguiram ontem e que os trouxe aqui hoje, para pedir sua ajuda no roubo da moeda. Alegou que não seria bem um roubo, pois a moeda era dele, mas que tinha se arrependido de tê-la levado à exposição, pois ela era muito cara, alguém poderia roubar, etc. Enfim, ele tentou enrolar o Osmar e lhe prometeu um bom dinheiro assim que vendesse a moeda. Só que o Osmar, no mesmo dia, me contou tudo. Pedi a ele que fingisse se aliar ao Paulo Roberto e que me mantivesse informado.

O visconde pigarreou, antes de continuar:

– No mesmo dia, contratei o Osmar como meu segurança particular. Houve três razões para isso: a primeira é que ele precisava de um emprego, pois o trabalho no Paço era apenas temporário. A segunda é que eu estava precisando de um segurança para trabalhar aqui. E a terceira razão foi a prova de lealdade que o Osmar deu a mim. E eu considero a lealdade uma qualidade indispensável.

– Como era o plano? – perguntou Rachid.

– Na terça-feira, o Paulo Roberto foi ao Paço acompanhado da namorada, que se chama Lidiana. Ela ficou incumbida de fazer um escândalo na exposição, enquanto Paulo Roberto e Osmar roubavam a moeda. Parece que eles passaram fita-crepe na vitrine, para evitar o barulho, e quebraram o vidro em seguida. Acontece que o Osmar tinha me avisado e eu fui combinar com ele como faríamos para deter o Paulo Roberto. Foi naquela hora em que eu e vocês nos encontramos. Aí, eu fui para o térreo e fiquei de prontidão junto à porta principal do Paço. Quando Osmar e Paulo Roberto saíram da exposição e desceram a escadaria, me encontraram. O plano havia fracassado.

– Aí o senhor obrigou o Paulo Roberto a lhe entregar a moeda... – deduziu dona Olga.

– Exato.

– E, a partir de então, ele ficou apavorado com a possibilidade de a polícia se envolver no caso? – perguntou Júlia.

– Precisamente. Ele não deu queixa à polícia e tentou atrapalhar qualquer possibilidade de investigação. Segundo o Osmar, depois que vocês estiveram no apartamento do Paulo Roberto, ele pagou uns seguranças da boate em que trabalha para seguir vocês e fazer qualquer coisa para que não descobrissem o que tinha acontecido.

Júlia ficou pensativa. Eram os homens que tinham corrido atrás deles no dia em que estiveram na frente do prédio da Lidiana. Ela esperava, sinceramente, que eles tivessem desistido.

– Creio que o senhor nos esclareceu tudo, senhor visconde. Só tenho uma última curiosidade – falou dona Olga. – Estivemos com a dona Vera Falcão, curadora da exposição, e ela disse que Osmar adoeceu e ficou quatro dias sem ir ao trabalho, incluindo o dia do roubo. Ela tinha um atestado médico assinado pelo doutor Antero Rocha Azevedo, um médico renomado.

– O doutor Antero é o meu médico particular.

– Foi o senhor que providenciou esse atestado, então?

– Foi. O Osmar precisava de um atestado confiável para provar no Paço que ele ficou doente. O doutor Antero é um médico respeitado e ninguém se recusaria a suspeitar de um atestado assinado por ele.

– Então, o Osmar não estava doente? – indagou Rachid.

– Não, não estava. Fazia parte do plano do Paulo Roberto que o Osmar não fosse trabalhar no dia do roubo. Assim, o Osmar não seria tido como suspeito pela polícia e o Paulo Roberto não correria o risco de ser descoberto. Então o plano era que o Osmar pedisse licença do serviço alguns dias antes, para não parecer que ele ficou doente exatamente no dia do roubo, o que também poderia levantar suspeitas. Aí, na terça-feira, o Osmar vestiu seu uniforme de vigilante e foi ao Paço somente para auxiliar o Paulo Roberto a roubar a moeda. Só dois dias depois, na quinta-feira, ele voltou a trabalhar normalmente.

– Eu bem que suspeitei – confessou dona Olga. – O Osmar está muito bem-disposto para quem, há poucos dias, estava com um princípio de pneumonia. De qualquer maneira, o que nos chamou a atenção foi um atestado assinado por um médico tão conhecido e que deve cobrar alto pelas suas consultas. Um preço que um vigilante não pode pagar.

– Então, foi por causa desse atestado que vocês seguiram o Osmar? – perguntou o Visconde de Imbassaí.

– Foi principalmente por causa dele – respondeu André.

O visconde entreabriu um sorrisinho:

– Vocês foram espertos. E eu fico sinceramente feliz que isso tenha acontecido. Assim, pude contar toda a verdade a vocês.

André virou o rosto e viu uma sombra na parede da saleta onde estava a moeda. A princípio, pensou que fosse um dos empregados do Visconde, mas um detalhe o assustou e ele se encolheu todo na poltrona.

De repente, a calma do salão foi quebrada por um estrépito, um ruído forte de vidro se quebrando.

SERÁ QUE VOCÊ SABE?

Observe a ilustração e responda: O que André viu que o deixou tão assustado?

11

CONFRONTO NO SOLAR

O visconde pôs-se de pé num pulo e olhou para dona Olga e a turma, apavorado.

– Que barulho foi esse? – perguntou Júlia, levantando-se devagar.

– A moeda... – gaguejou o visconde.

Todos se olharam em suspense.

O visconde bradou:

– Vamos para a saleta. Depressa!

Eles correram. Ao chegarem à saleta, contemplaram, alarmados, a redoma sobre a mesa onde a moeda estava instantes atrás. A cúpula de vidro fora quebrada e a moeda havia desaparecido.

– Minha nossa! – dona Olga levou as mãos ao rosto. – Alguém apanhou a moeda!

Júlia e Rachid viram gotículas vermelhas sobre a mesa. Esticaram os olhos e perceberam que um dos lados do portal que dava acesso à saleta também estava manchado de vermelho. Parecia sangue.

– O ladrão, com certeza, cortou a mão ao quebrar o vidro da redoma – disse Rachid.

Júlia apontou para o portal manchado:

– Ele fugiu por ali! Vamos, depressa!

Dona Olga e o visconde analisaram rapidamente a mancha de sangue no portal e descobriram uma outra no piso de mármore junto à porta de entrada do solar.

– O ladrão saiu pelo jardim – desesperou-se o visconde. – A essa altura, já deve estar na rua.

– Ele ainda está dentro da casa, senhor visconde – disse dona Olga, passando o dedo indicador na mancha vermelha no portal. – Isto não é sangue. Vejam só!

O visconde e a turma cheiraram o dedo de dona Olga.

– É molho de tomate! – exclamou Rachid, espantado.

– Exatamente. O ladrão espalhou molho de tomate pela casa para nos despistar, para fazer com que acreditássemos que ele fugiu pelo jardim. Mas ele, na verdade, escondeu-se no andar de cima.

Júlia, Rachid, André e o Visconde de Imbassaí perguntaram ao mesmo tempo:

– Como é que a senhora sabe?

Dona Olga apontou para a escada, que ficava logo adiante. Uma das pontas da elegante passadeira azul que recobria os degraus de mármore estava virada na base, como se alguém houvesse tropeçado nela.

– Quando eu entrei na casa, a passadeira estava impecavelmente estendida. Acreditem em mim: o ladrão está lá em cima. E vai tentar fugir para um terreno vizinho, escalando uma árvore ou coisa do tipo.

Sem pensar duas vezes, o visconde tomou a dianteira e subiu correndo a escada, sendo seguido de perto por dona Olga, Rachid, Júlia e, por último, André, que já no quarto degrau estava exausto. Foi preciso Júlia e Rachid segurarem suas mãos e puxarem o menino, antes que ele se sentasse no meio da escada para descansar. De preferência, tomando um copo de refrigerante bem gelado.

O segundo andar era composto por um corredor reto e comprido, forrado de carpete estampado, onde ficavam as portas largas que levavam aos diversos cômodos. O visconde parou, em dúvida sobre por qual daqueles cômodos o ladrão teria fugido, quando dona Olga sussurrou-lhe no ouvido:

– O ladrão deve ter ido para um cômodo de onde ele possa alcançar um terreno vizinho ou mesmo a rua. Alguma árvore do seu jardim tem galhos próximos a alguma janela aqui em cima?

Os olhos do visconde se iluminaram:

– Sim. Um abacateiro. Fica ao lado da janela da minha suíte. E tem galhos compridos e grossos que vão até muito perto do muro.

– Então, o ladrão foi para lá – deduziu dona Olga.

O visconde avançou, cauteloso, até a porta da suíte, que era a última do corredor, e sentiu um arrepio ao vê-la entreaberta.

Com a respiração presa de tensão, eles entraram e procuraram imediatamente a janela, que, na verdade, era uma porta dupla de vidro que dava para uma pequena varanda. O quarto do visconde era amplo. A porta da varanda estava escancarada e um vento soprava do lado de fora lançando as folhas das árvores no chão do quarto. Um frasco vermelho de molho de tomate estava jogado no chão, o que indicava que o ladrão, de fato, passara por ali. O visconde foi até a varanda, enquanto dona Olga e a turma vasculhavam o interior do quarto.

Assim que o visconde pôs os pés na varanda, um vulto, escondido ao lado da porta, surgiu por trás, dando-lhe uma gravata com um dos braços. Dona Olga, Júlia, André e Rachid apavoraram-se ao ver Paulo Roberto Pereira entrando no quarto, com um braço imobilizando o visconde e o outro carregando um revólver dourado. Era o mesmo revólver que ele tinha usado no dia em que dona Olga e a turma estiveram, de surpresa, no prédio dele, na Lagoa.

– A brincadeira acabou, seus desgraçados! – gritou Paulo Roberto, apertando o cano do revólver contra a cabeça do visconde, que estava quase sem ar. – Vou matar todo mundo.

Paulo Roberto tinha o rosto alterado e seus olhos estavam vermelhos e dilatados. Ele parecia que ia explodir.

– Largue essa arma, Paulo Roberto! – falou Júlia. – Você está nervoso. Vai acabar fazendo alguma bobagem. Vamos negociar!

– Negociar o quê, sua magricela metida a rainha da cocada preta? A moeda é minha, estão entendendo? MI-NHA! Esse visconde de meia-tigela resolveu tirar de mim a última coisa de valor que eu ainda tinha.

– A moeda era do meu pai – protestou o visconde. – Você a roubou dele, junto com muitas outras coisas.

– Era o mínimo que eu merecia por ter aturado durante anos aquele velhote idiota! Eu devia ter roubado muito mais. Eu devia ter levado essa casa inteira, se você quer saber. Mas isso é passado. Agora, tudo o que quero é acabar com vocês e sair daqui com a moeda, numa boa.

VOCÊ SABIA?

Armando Imbassaí e seu pai eram viscondes, e visconde é um título de nobreza. Os títulos de nobreza eram comuns no Brasil dos tempos do Império. Na relação abaixo, todos os títulos de nobreza estão ordenados de acordo com a sua hierarquia. Ou seja, o de duque é o mais importante. Veja só:

Duque
Marquês
Conde
Visconde
Barão

– Você está sendo imprudente – falou Rachid, tentando parecer seguro de si. – Não vai conseguir escapar. Nós somos cinco. E o senhor é um só.

– Engana-se, seu pirralho ridículo – trovejou uma voz de mulher. – Nós somos dois.

Eles viraram o rosto e viram uma moça de rabo de cavalo surgir de dentro do banheiro da suíte, apontando um revólver para eles.

Lidiana.

– E nossas duas armas têm seis balas cada uma – disse Lidiana, logo soltando uma gargalhada gelada. – Logo, são doze balas. Disparamos duas contra a cabecinha enxerida de cada um de vocês e ainda nos sobram duas balas. Não é interessante?

Lidiana usava um par de óculos escuros espelhados, que lhe davam um aspecto frio e sinistro.

– Vamos, Lidiana! – urrou Paulo Roberto, enérgico. – Temos de sair logo daqui. Sabe se os nossos homens já estão com o furgão parado em frente ao solar?

– Estão sim. Acabei de receber o sinal deles pelo celular.

– Então vamos depressa. Me ajude a matar esses cinco intrometidos e esconder os corpos no banheiro. Quando os empregados derem pela falta do visconde e dos outros, nós já estaremos bem longe. Todos para o banheiro. Já!

Para horror de dona Olga, Júlia seguiu na frente, enquanto Paulo Roberto arrastava o visconde.

– Só quero saber uma coisa: como é que vocês conseguiram entrar aqui? – indagou o visconde, quase sufocando com o braço de Paulo Roberto comprimindo-lhe o pescoço. – Esta casa pode não ser uma fortaleza, mas é cercada por um muro e tem uma câmera na entrada.

– O viscondezinho de uma figa quer saber como nós chegamos aqui, não é? – riu Paulo Roberto, com sarcasmo. – Acha que eu e minha namorada não somos tão espertos, não é? Pois eu respondo. Entramos escondidos no porta-malas do carro que trouxe esses quatro intrometidos – respondeu Paulo Roberto, comprimindo o cano da arma contra a orelha do visconde, que suava de medo. – Não foi difícil arrombá-lo, quando o carro parou aqui em frente à sua casa agora há pouco. Os seus empregados são uns lerdos. Demoram muito para abrir o portão. Há dias que eu estava à espera desta oportunidade. Como você vê, meu prezado visconde, a sua segurança é muito ineficiente.

– Você não pode levar a moeda, Paulo Roberto – reagiu o visconde. – A polícia saberá que ela está com você. Eu o denunciarei. Tenho como provar.

– Não me diga. Vai me denunciar como, se, em dois minutos, você e essa cambada estarão mortos com duas balas na cabeça?

O visconde engoliu em seco. Paulo Roberto continuou arrastando o visconde em direção ao banheiro. Lidiana apontou o revólver para dona Olga e os meninos com o mesmo objetivo, quando deu pela falta de Júlia:

– Cadê a menina magricela de óculos?

Surpreso, Paulo Roberto voltou os olhos para Lidiana e para os outros:

– Ué... Ela estava aqui agora mesmo... – disse.

Um segundo de distração de Paulo Roberto foi o suficiente para Júlia sair de seu esconderijo, atrás da porta do banheiro, e acertar um vaso de louça bem no cocuruto dele. O vaso espatifou-se. Paulo Roberto soltou um grito de dor e largou a arma, cobrindo a cabeça com as mãos. O visconde aproveitou e apanhou-a.

Apavorada com a cena, Lidiana não sabia se ficava onde estava ou se corria para socorrer o namorado. Rachid aproveitou e atirou-se no pescoço dela, fazendo-a curvar-se para trás, enquanto dona Olga lutava com ela até lhe tomar o revólver. André rapidamente abriu o armário do visconde e apanhou uma gravata. Atirou-a para Júlia, que imobilizou os punhos de Paulo Roberto, enquanto ele e Rachid faziam o mesmo com Lidiana, usando nada menos do que o *kefié* de Rachid.

– Finalmente este treco que você usa na cabeça serviu para alguma coisa... – comentou André.

Rachid olhou longamente para o amigo e disse, com cara de contrariado:

– Se você disser mais uma vez que isto é um pano de prato, eu desamarro a Lidiana e você que se entenda sozinho com ela.

Júlia riu:

– Rachid, se você com o *kefié* já é uma figura, sem ele fica uma figura maior ainda.

Rachid fez uma careta e passou a mão pelo cabelo, que era preto como piche. Achou estranhíssimo estar sem o amado *kefié*.

Dona Olga e o visconde mantiveram as armas apontadas para os dois bandidos até eles estarem deitados no chão, com as mãos atadas pelas costas. O visconde, então, vasculhou o bolso de Paulo Roberto até encontrar a moeda, a "Peça da Coroação".

– Esse bandido agora vai pagar pelo que fez. E, além de roubar minha família duas vezes, ainda vou denunciá-lo por tentativa de homicídio.

Dona Olga foi até um telefone e chamou a polícia. Quinze minutos depois, duas viaturas estacionaram diante do solar, a tempo de prender os dois capangas de Paulo Roberto que estavam no furgão. Eram os mesmos que haviam perseguido dona Olga e a turma em Botafogo, uns dias antes.

Paulo Roberto e Lidiana foram levados e o visconde comprometeu-se a, dentro de uma hora, ir à delegacia prestar queixa. Ele só precisava de algum tempo para reunir todas as provas que tinha contra Paulo Roberto, desde os tempos em que ele trabalhara para o finado Honório Imbassaí.

Foi com emoção que ele abraçou afetuosamente dona Olga, Júlia, André e Rachid.

– Obrigado por tudo. Se não fosse pela coragem de vocês, poderíamos estar todos mortos agora.

Dona Olga, já refeita do susto, olhou demoradamente para a moeda, que brilhava na mão do visconde.

– A "Peça da Coroação", agora, está de volta ao seu legítimo dono – ela disse. – É reconfortante saber que a justiça foi feita, depois de tantos anos. E que o bandido foi preso.

Dez minutos depois, dona Olga e a turma deixaram o solar na limusine do visconde, guiada por Osmar Ferreira.

– Belo trabalho, Júlia – disse dona Olga, acariciando os cabelos da neta. – Você foi a heroína do dia.

Júlia corou com o elogio. Rachid passou a mão nos cabelos nus. Estava contrariadíssimo por estar sem o *kefié*. Ele disse, com certo alívio:

– Enfim, o enigma está resolvido...

– Já não era sem tempo – suspirou André. – Tudo o que eu quero, agora, é sossego.

– Jura? – indagou Júlia, toda animada. – Isso significa aposentar aquela sua guitarra desafinada e abandonar a ideia de ser compositor, não é?

– Com certeza. Sabem aquele anjo que me visita nos sonhos? Pois essa noite ele me disse que agora tenho que me dedicar ao silêncio. Vou começar a praticar meditação.

– Depois de uma semana como esta, acho que todos nós vamos precisar de muita meditação – riu Júlia.

– Me desculpem a ignorância, mas o que vem a ser "meditação"? – perguntou Rachid.

– Basicamente, é esvaziar a mente, relaxar e não fazer nada – explicou dona Olga. – É um momento de encontro com o nosso íntimo, com a nossa alma mais profunda.

Rachid achou a explicação muito vaga e deu de ombros. No fim das contas, nenhum dos quatro acabou meditando. O assunto serviu apenas para distrair o ambiente ainda tenso por causa do acontecido no solar do visconde. Eles rumaram para a casa de dona Olga, onde ela serviu o farto lanche que havia comprado na padaria. Depois a turma sentou-se na sala para jogar palavras cruzadas, enquanto dona Olga trancava-se no seu quarto e, pelo computador, narrava a resolução do caso da moeda roubada para o "Leão".

O "Leão" limitou-se a dar os parabéns a todos e, no final, despediu-se de forma enigmática:

– Até o próximo caso, dona Olga.

Dona Olga engoliu em seco, enquanto desligava o computador. O "Leão" estava certo. Sem dúvida, haveria um próximo caso. Ou talvez muitos. E, assim como esse, eles surgiriam de repente, sem aviso prévio. Tinha sido assim desde que ela se aposentara. Mas dona Olga não achava isso ruim. Ainda mais agora, que contava com uma turminha de jovens espertíssimos a assessorá-la.

SERÁ QUE VOCÊ SABE?

Nesta aventura, a turma desvendou o mistério do roubo da moeda de ouro. Qual será o próximo enigma que eles vão decifrar?

FICHA DE DETETIVE

ROUBO NO PAÇO IMPERIAL

ESTE CASO FOI...

PÉSSIMO — FRACO — MÉDIO — BOM — MUITO BOM — O MÁXIMO

☐ ☐ ☐ ☐ ☐ ☐ ☐ ☐ ☐ ☐ ☐ ☐

RESOLVIDO PELO 5º INTEGRANTE DOS CAÇA-MISTÉRIOS

____

SEU NOME

André

ANDRÉ

Rachid

RACHID

Júlia

JÚLIA

Dona Olga

DONA OLGA

SOU O AUTOR

© MARCO RODRIGUES

Eu, Luis Eduardo Matta, o autor

Nome completo: Luis Eduardo de Albuquerque Sá Matta

Idade: Nasci em 21 de novembro de 1974. Faça as contas.

Uma qualidade: Sou um cara tranquilo e boa-praça. Gosto de conversar sobre vários assuntos e de apreciar as coisas simples do dia a dia.

Um defeito: De vez em quando preciso ficar sozinho, principalmente quando tenho que escrever meus livros. Meus amigos, às vezes, ficam chateados, mas, no fundo, eles entendem.

Meu passatempo favorito: Tenho vários. Fazer longas caminhadas e ler livros que prendam a minha atenção são os principais. Também adoro assistir a bons filmes.

Meu maior sonho: Passar dois anos dando a volta ao mundo. Adoro o contato com outros povos, etnias e religiões. É enriquecedor.

Um pouco da minha vida: Nasci no Rio de Janeiro e fui criado entre a cidade do Rio e uma chácara no meio do mato. Ao mesmo tempo que me adaptei à vida na cidade grande, aprendi a viver na roça, a plantar e a colher. Minha infância tem cheiro de maresia e de grama cortada e sabor de goiaba e de maracujá.

Maracanã
SÃO CRISTÓVÃO
Ilha Fiscal
1
5
CENTRO
LAPA
Aeroporto
Santos Dumont
TIJUCA
6
SANTA TERESA
FLAMENGO
Pão de
Açúcar
LARANJEIRAS
4
JARDIM
BOTÂNICO
BOTAFOGO
URCA
3
Lagoa
Rodrigo
de Freitas
GÁVEA
LEME
2
LEBLON
COPACABANA
IPANEMA
ARPOADOR
Rio de Janeiro

ENTÃO, GOSTOU DA HISTÓRIA QUE ACABOU DE LER?

E conseguiu responder a muitas questões? Agora convidamos você a conhecer uma outra história, a do Rio de Janeiro, cenário de *Roubo no Paço Imperial*. Você verá que há muitas informações interessantes e curiosidades também. Boa leitura!

O RIO DE JANEIRO E SUA HISTÓRIA

O Brasil foi descoberto em 1500, mas o novo território era tão extenso que, dois anos mais tarde, Portugal ainda estava fazendo expedições de reconhecimento da enorme costa litorânea. Foi numa dessas expedições, em 1-º de janeiro de 1502, que navegadores portugueses chegaram à Baía de Guanabara.

Baía ou Rio?

Guanabara, em tupi, quer dizer "seio do mar", mas os portugueses que chegaram à região, no século XVI, desconheciam esse nome e a batizaram de Rio de Janeiro. Isso porque eles tinham confundido a baía com a desembocadura de um rio. No entanto, os portugueses não estavam totalmente errados: de acordo com estudiosos, a Baía de Guanabara de fato havia sido um rio, que foi invadido e inundado pelo oceano cerca de 300 mil anos atrás.

© DIVULGAÇÃO

Por pensarem que a baía fosse um rio, batizaram-na de "Rio de Janeiro". Mas não imagine que a cidade começou aí não! Naquela época, os colonizadores não estavam interessados em povoar a região e nem em implantar algum tipo de cultivo, pois o que dava lucro a Portugal era a extração do pau-brasil e de outras riquezas naturais das matas próximas ao litoral. Por isso, foram embora em busca de novos lugares para desbravar e explorar.

Mais tarde, foi fundada uma feitoria para a armazenagem do tão cobiçado pau-brasil, mas os poucos barracões criados à sua volta não foram suficientes para se dizer que ali crescia uma cidade. A área continuou praticamente despovoada (de europeus) até por volta de 1530, tendo como um dos motivos o fato de a Baía de Guanabara ser todinha habitada pelos guerreiros índios Tamoios, que não simpatizavam nem um pouco com os portugueses.

Por que "carioca"?

A palavra *carioca* vem do tupi, e é grande o número de teorias que se formaram em torno da história da sua origem. Muitos dizem que ela provém de *kari* ("branco") e *oca* ("casa"), formando algo como "casa de branco" – assim eram denominadas pelos índios, com grande curiosidade e espanto, as construções dos europeus, em especial as feitorias, ou galpões, onde se armazenavam as toras de madeira. Outros afirmam que *kariok* era o nome de uma das tribos indígenas aliadas dos franceses. Há ainda aqueles que dizem que a palavra tem ligação com *caray*, vocábulo tupi usado pelos europeus para se autodenominarem "fortes e superiores". *Carioba*, segundo essa corrente, seria todo descendente desses europeus que se julgavam tão superiores.

Casa de branco, tribo indígena ou arrogância de alguns, lembre-se sempre: carioca é quem nasce na cidade do Rio de Janeiro e fluminense, quem nasce no estado do Rio.

Outros povos europeus, sobretudo os franceses, sentiam-se injustiçados com a partilha das terras americanas entre Portugal e Espanha. Por isso, invasões estrangeiras em todo o litoral eram constantes e começavam a preocupar Portugal, que, a partir de 1530, decidiu incentivar o povoamento do Brasil para evitar que outros povos se estabelecessem na região.

Mesmo assim, em 1555, os franceses, comandados por Nicolas Durand de Villegaignon, aliaram-se aos índios Tamoios e conseguiram ocupar a ilha de Serigipe (atual Ilha de Villegaignon) e lá construíram o Forte Coligny (onde hoje está a Igreja da Glória), fundando sua tão sonhada colônia na América: a França Antártica.

Planejando ampliar esse domínio para outras áreas do continente, os franceses ganharam reforços em 1557, estabelecendo uma pequena fortificação próxima ao Pão de Açúcar. Ao seu redor, um pequeno povoado com apenas algumas moradias se formou, e foi chamado de Henriville em homenagem ao rei francês da época, Henrique II. Mas parece que a homenagem não adiantou muito: depois de um ano, os mil habitantes que já residiam na França Antártica não receberam o apoio esperado do seu rei. Começaram as dificuldades. E a revanche de Portugal estava próxima.

Por pouco o Pão de Açúcar não vira Pote de Manteiga

© EDUARDO MONTEIRO/EDITORA ABRIL

Séculos antes de o Pão de Açúcar ter se tornado um dos mais conhecidos pontos turísticos brasileiros, o morro já tinha sua importância. Para os antigos navegadores, ele sinalizava a entrada da Baía de Guanabara. Chamado pelos marinheiros franceses de *Pot de Beurre* ("pote de manteiga") e pelos índios de *Pau-nh-açuquã* ("morro alto, isolado e pontudo"), dizem os especialistas que o nome deriva dessa expressão em tupi. A pronúncia teria sido entendida como "Pão de Açúcar" pelos portugueses, que acabaram adotando esse nome. Uma outra teoria afirma que o nome saiu da semelhança do morro com a forma de barro de mesmo nome, em que eram armazenados os blocos de açúcar para serem transportados para a Europa.

Em 1560, comandados por Mem de Sá (terceiro Governador-Geral do Brasil), os portugueses conseguiram expulsar os franceses. Mas logo eles voltaram e construíram duas outras fortificações na atual Ilha do Governador.

Para Portugal, era urgente a ocupação do local, antes que os invasores tomassem toda a região. Foi por isso que, em 1º de março de 1565, Estácio de Sá (sobrinho de Mem de Sá) fundou a Vila de São Sebastião do Rio de Janeiro, ao lado do morro Cara de Cão.

A partir daí os portugueses garantiram a posse da região, combatendo novas tentativas de invasões estrangeiras e expandindo o seu domínio sobre as ilhas e o continente. E o Rio de Janeiro foi crescendo até se tornar um dos mais importantes centros urbanos do Brasil.

Até então, a capital brasileira era Salvador, por estar mais perto das áreas de cultivo da cana-de-açúcar, na região Nordeste. Mas, na segunda metade do século XVIII, o açúcar começou a sofrer uma forte concorrência no mercado mundial e seu preço caiu drasticamente, provocando a falência de muitos engenhos. A situação econômica só não ficou pior porque na região de Minas Gerais havia-se descoberto ouro e diamantes, o que fez com que cada vez mais a população, os investidores e os órgãos administrativos da Coroa fossem deslocados para a região Sudeste. Assim, por estar mais próximo desse novo polo econômico, o Rio começou a ganhar importância econômica e política, tornando-se a capital brasileira em 1763.

Foi então que um acontecimento para lá de inesperado colocou o Rio de Janeiro para sempre no centro das atenções. Em 1808, fugindo das tropas de Napoleão Bonaparte que haviam invadido Portugal, a Família Real portuguesa veio para o Brasil. E que família! Entre membros da nobreza e do Estado, além de muitos outros parentes, amigos e funcionários, era um total de 10 a 15 mil pessoas – um número considerável para a população da cidade na época: apenas 60 mil! A partir desse momento, a cidade começou a sofrer transformações radicais: nos costumes, na política, na economia e na paisagem, com a abertura de ruas mais largas e um novo plano de edificações.

A primeira grande rua do Rio

MUSEU IMPERIAL (RJ)

A rua Direita (aqui retratada por volta de 1820) foi a primeira grande via de trânsito aberta no Rio de Janeiro, mesmo antes da chegada da Família Real. Foi também a primeira a receber numeração nas casas e o sistema de mão e contramão, devido ao seu tráfego intenso. Em 1835 os cariocas viram surgir nela uma grande novidade lançada no Brasil: uma sorveteria. Hoje a rua se chama Primeiro de Março.

Os principais membros da Corte instalaram sua moradia fixa no centro do Rio de Janeiro, mais precisamente no Paço Real (hoje chamado de Paço Imperial), localizado na atual Praça Quinze. Mas o que fazer com todo o resto da nobreza portuguesa em terras brasileiras? O jeito era abrigá-la em chácaras mais afastadas e, até mesmo, nas belas casas já existentes na cidade.

Agora a sua casa pertence ao príncipe!

BIBLIOTECA NACIONAL (RJ)

Encontrar moradia para a comitiva de dom João em uma cidade pequena (como era o Rio na época), com apenas 45 ruas, 19 largos, seis becos e quatro travessas, era uma tarefa difícil. As autoridades decidiram então escolher as casas mais bonitas da cidade e dá-las aos nobres desabrigados. Os proprietários não podiam fazer nada a respeito: as casas deviam ser desocupadas imediatamente se nelas fossem pintadas as letras PR, que significavam "Príncipe Regente", indicando que, a partir daquele momento, a propriedade seria da Família Real. Indignada, a população apelidou a sigla de "Ponha-se na Rua" e de "Propriedade Roubada" – que retratava bem o que acontecia com quem tinha a infelicidade de ter a casa escolhida.

De 1808 a 1815, o Rio de Janeiro foi a capital de todo o Império português. E a importância da cidade não parou de crescer: em 1815 o Brasil foi elevado à categoria de Reino Unido a Portugal, deixando de ser uma simples colônia, e o Rio virou o centro de tudo isso. Esse fato foi essencial para que, aos poucos, o Brasil ganhasse autonomia em relação a Portugal.

O príncipe regente dom João (filho de dona Maria I, que estava impossibilitada de governar por ter sido considerada louca) foi o responsável por implementar grandes obras para o Rio de Janeiro e para o Brasil. Entre as principais estão: a criação do Horto Real (Jardim Botânico), da Biblioteca e do Museu Real, do Banco do Brasil, o estímulo à vinda de missões artísticas e a criação de instituições de ensino. Além disso, foi permitido pela primeira vez que se fabricassem tecidos no Brasil.

Dona Maria I, a "Vai com as outras"

Dona Maria I, a Louca, também era "maria vai com as outras", e muitos dizem que foi daí que saiu a famosa expressão. Por causa de seus problemas mentais, dona Maria I vivia recolhida e só era vista quando saía para caminhar, sempre com inúmeras damas de companhia tomando conta dela. Quando o povo a via, costumava comentar: "Lá vai dona Maria com as outras".

Até então era proibida qualquer publicação no país, mas em 1808 foi inaugurada a imprensa brasileira. Nascia o primeiro jornal, *A Gazeta do Rio de Janeiro*, para falar das festas e da saúde dos integrantes da Família Real. Críticas, nem pensar.

Contudo, talvez o grande acontecimento desse período tenha sido a abertura dos portos brasileiros para o comércio com as nações amigas. Essa abertura movimentou bastante a cidade, diversificou o comércio e proporcionou o crescimento do próprio porto e das áreas ao redor.

Dom João VI voltou para Portugal em 1821 e deixou seu filho dom Pedro no seu lugar. Em 7 de setembro de 1822, dom Pedro proclamou a Independência do Brasil. E o Rio de Janeiro continuou como capital brasileira – do Império do Brasil –, crescendo cada vez mais, gerando muitas melhorias, mas também muitos problemas.

Até meados do século XIX, o Rio de Janeiro foi a principal economia do Brasil, mas, com a Proclamação da República, em 1889, perdeu força política para São Paulo e Minas Gerais. A cidade mantém-se como capital do país até 1960, quando o então presidente Juscelino Kubitschek inaugura Brasília.

Hoje o Rio é a segunda maior metrópole do país e a quarta maior da América Latina. É também a cidade brasileira mais conhecida em todo o mundo. Suas belezas naturais e as festas populares, como o Carnaval, atraem milhares de turistas todos os anos.

Contudo, a sua importância no cenário nacional e mundial não para por aí. Em 1992, a cidade foi sede da Eco-92 ou Rio-92 – reunião internacional realizada para discutir os problemas ambientais causados pelo progresso econômico. Também já foi sede, em 1950, da Copa Mundial de Futebol e, em 2007, dos Jogos Pan-Americanos. Recentemente, ainda, o Cristo Redentor foi eleito uma das Sete Maravilhas do Mundo Moderno.

Cidade das maravilhas

A estátua do Cristo Redentor, que mede 38 metros, foi inaugurada em 1931. Para vê-la de pertinho é preciso subir os 710 metros do Morro do Corcovado (de carro ou de trenzinho) e encarar 222 degraus íngremes a pé. Mas vale a pena: a vista da cidade é deslumbrante.

© ANDRE NAZARETH/STRANA

O RIO DE JANEIRO NA HISTÓRIA DO LIVRO

Para desvendar o mistério do roubo da "Peça da Coroação", Júlia, André, Rachid e dona Olga circularam por vários lugares do Rio de Janeiro. Conheça alguns desses lugares e suas curiosidades.

BIBLIOTECA NACIONAL (RJ)

O LARGO DO PAÇO REAL RETRATADO POR RICHARD BATE EM 1808.

©EDUARDO MONTEIRO/EDITORA ABRIL

O PAÇO IMPERIAL HOJE.

● O Paço Imperial, de onde foi roubada a "Peça da Coroação", na história do livro, foi palco de diversos momentos importantes da história do Brasil. O prédio já foi chamado de "Residência dos Governadores", quando nele residiam os governadores da Capitania do Rio de Janeiro (de 1743 a 1763), de "Palácio dos Vice-Reis", quando a sede do Governo-Geral do Brasil foi transferida para o Rio em 1763, de "Paço Real", ao se tornar residência da Família Real portuguesa e sede administrativa do Reino Unido do Brasil, Portugal e Algarves (de 1808 a 1822), e, por fim, de Paço Imperial (a partir de 1822). Após a Proclamação da República, em 1889, nele foram instalados os Correios e Telégrafos. Em 1938 foi tombado pelo Patrimônio Histórico e hoje é um centro cultural muito importante.

BIBLIOTECA GUITA E JOSÉ MINDLIN

O AQUEDUTO DA CARIOCA (OU ARCOS DA LAPA) RETRATADO POR WILLIAM ALEXANDER EM 1792.

©DILMAR CAVALHER/STRANA

OS ARCOS DA LAPA SÃO, AINDA HOJE, UM DOS MAIS IMPORTANTES MONUMENTOS DO RIO DE JANEIRO.

• Os Arcos da Lapa (17,6 m de altura, 270 m de extensão, e 42 arcos), por onde passa o bondinho que Júlia, André, Rachid e dona Olga tomaram para Santa Teresa, é a obra mais monumental construída no Brasil durante todo o período colonial. Seu nome original é Aqueduto da Carioca e foi concluído em 1750 para levar água da nascente de um rio de Santa Teresa até o centro do Rio, a fim de solucionar o problema de falta d'água que existia na cidade naquela época. Só no final do século XIX o velho aqueduto recebeu a linha de bonde – a única ainda existente na cidade.

MUSEU IMPERIAL (RJ)

FINAL DA RUA SÃO CLEMENTE, NO BAIRRO DE BOTAFOGO, EM 1857.

©DILMAR CAVALHER/STRANA

A PRAIA DE BOTAFOGO HOJE.

• Dizem que a origem do nome Botafogo, bairro onde morava Lidiana – e onde a turma encontrou Vera Falcão num quiosque de flores, na rua São Clemente – data de quando existia, no local, uma enorme pedreira. Para dinamitá-la, os operários deixavam todos os explosivos prontos, saíam rapidinho do lugar e alguém gritava: "Bota fogo!". Essa mesma pedreira aparece no romance *O cortiço* (1890), de Aluísio Azevedo, importante obra da literatura brasileira: ela é comprada por João Romão, um dos personagens principais da história.

Outros afirmam que o nome vem de uma época bem anterior, quando aconteciam as invasões francesas no Rio. Durante as batalhas, utilizava-se muito o "bota-fogo" – espécie de bastão usado para atear fogo nos canhões. Por serem inúmeros os conflitos na região, ela teria ficado conhecida como Botafogo.

BIBLIOTECA NACIONAL (RJ)

A LAGOA RODRIGO DE FREITAS RETRATADA POR HENRY CHAMBERLAIN EM 1829.

©FLAVIO VELOSO/EDITORA ABRIL

A LAGOA RODRIGO DE FREITAS HOJE.

- Nas margens da Lagoa Rodrigo de Freitas, onde morava Paulo Roberto Pereira – o PRP da história do livro –, já funcionou, em 1609, um engenho de cana-de-açúcar. Após a morte do dono, a propriedade passou a ser administrada por sua herdeira, dona Petronilha Fagundes, uma "solteirona" de 31 anos e que estava louca para casar (naquela época, as mulheres se casavam ainda adolescentes). Depois de ter herdado essa propriedade e muitas outras, ela finalmente conseguiu. Em 1702, Petronilha casou-se com o português Rodrigo de Freitas de Carvalho, de apenas 16 anos. Apaixonada, batizou todas as suas propriedades com o nome dele. Depois de viúvo, Rodrigo de Freitas voltou rico para Portugal. Dizem as más-línguas que foi um dos maiores golpes do baú da história do Rio de Janeiro.

RESPOSTAS DOS ENIGMAS

P. 19: 1) A primeira, pois nela há o desenho de dom Pedro I. 2) A proclamação da Independência do Brasil.

P. 21: 1500

P. 28: 1) NÃO / NÃO / SIM. 2) Só o Paço Imperial tem três andares.

P. 32: É a da mesa da direita. Ela é a única que está sentada sozinha à mesa.

P. 36: De 1763 a 1960.

P. 44: Como Paulo Roberto Pereira, que não é rico, podia ser dono de uma moeda tão rara e cara?

P. 50: É Paulo Roberto Pereira, que mora no 4º andar de um prédio, como vimos no capítulo "O misterioso morador do 402". Lidiana mora no 6º andar.

P. 58: Ela disse que não dirigia, mas há uma chave de carro e uma carteira de motorista em sua bolsa.

P. 72: O fim da escravidão no Brasil.

P. 73: Osmar foi atendido por um médico famoso e caro, que um vigilante como ele não poderia pagar.

P. 84: Entre o emprego com Honório Imbassaí e o emprego na boate, ele ficou quatro anos sem trabalhar. Como ele se sustentou nesse período?

P. 96: A pessoa que faz sombra na parede segura um revólver.

P. 105: Para essa pergunta ainda não há resposta. Só aguardando o próximo volume da série para descobrir.